JN024497

成長チートで 12
なんでもできるようになったが、
無職だけは
辞められないようです
時野洋輔
イラスト　ちり

キャロル
シーナ三号

イチノジョウ／
楠一之丞
ピオニア
ニーテ

鈴木浩太
ラナ

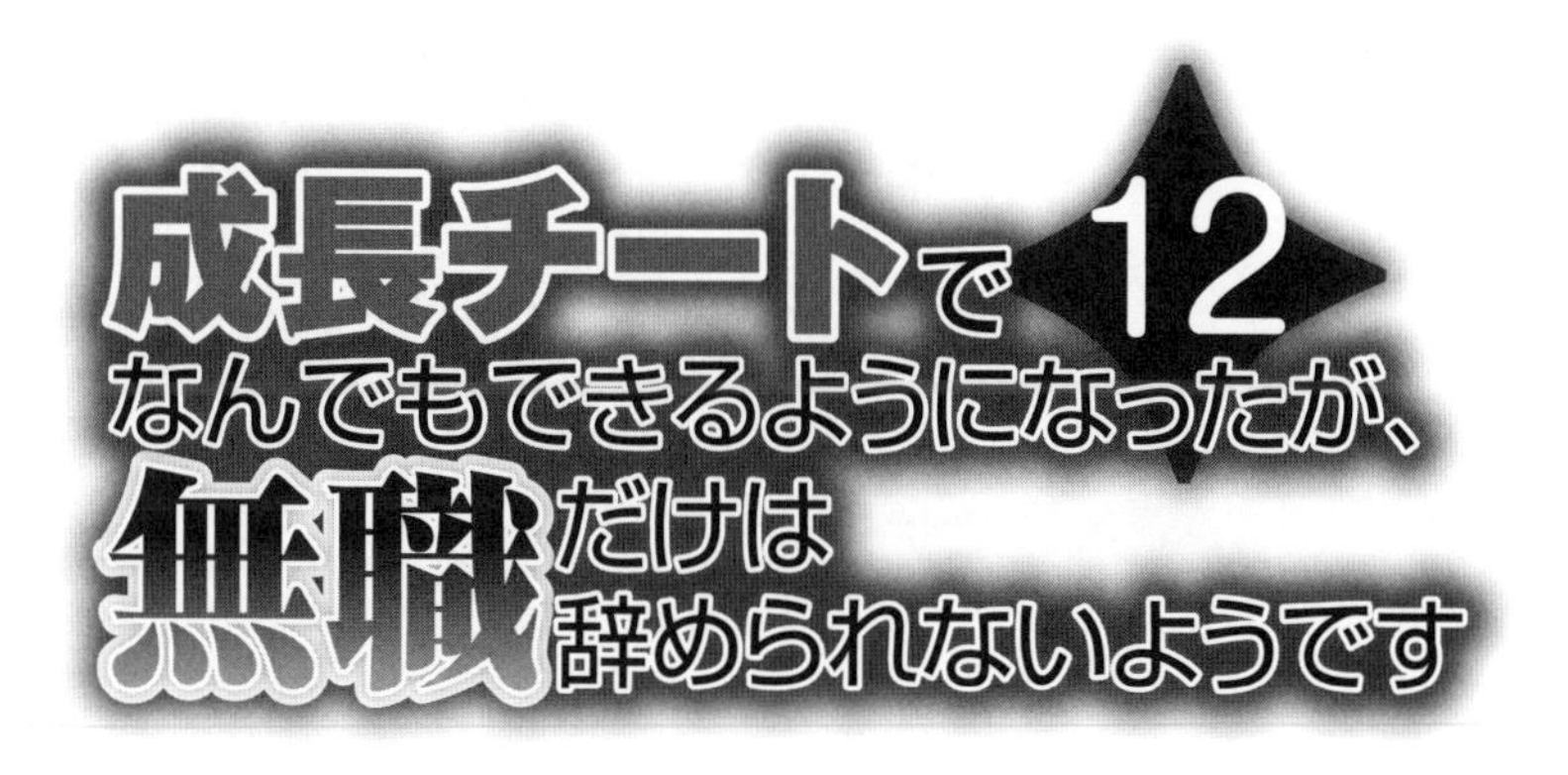

時野洋輔
イラスト　ちり

新紀元社

もくじ

これまでのあらすじ

異世界アザワルドで【取得経験値20倍】【必要経験値1/20】という成長チートと、無職のまま複数の職業に就けるという恩恵を得た青年イチノジョウ。妹の行方を追って旅を続ける彼は、魔王竜と死闘を繰り広げた末、魔法都市マレイグルリへとたどり着く。そこで拷問を受けていた悪魔族の少女フルートと出会うが……。

登場人物

異世界・アザワルド

イチノジョウ／楠一之丞（いちのすけ）

異世界に転移した20歳・無職の日本人。女神から天恵を授かる。

ハルワタート（ハル／ハルワ）

白狼族の剣士。イチノジョウと奴隷商館「白狼の泉」で出会う。

キャロル（キャロ）

奴隷の半小人族（ハーフミニヒュム）。魔物を引き寄せる「誘惑士」だった。

マリーナ／桜真里菜

仮面着用時のみ大胆な人格になる大道芸人。もとは日本人。

シーナ三号

人造迷宮にいた機械人形（オートマタ）。機械人間（サイボーグ）となった。

ピオニア

試験管から生まれたホムンクルス。

ニーテ

キス魔のホムンクルス。

地球・日本

楠（くすのき）ミリ

一之丞の妹。明るくてしっかり者の中学生。前世はファミリス・ラリテイ。

アザワルドへ

ダイジロウ

異世界に転移した元日本人。かつて魔王を倒す。

ジョフレ

お調子者の剣士。エリーズの恋人。

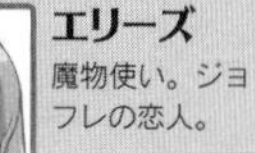

エリーズ

魔物使い。ジョフレの恋人。

鈴木浩太

輝く白い歯のイケメン聖戦士。もとは日本人。

女神

コショマーレ

一之丞に「取得経験値20倍」の能力を授けた女神。オーク似。

トレールール

一之丞に「必要経験値1/20」の能力を授けた、怠惰と賭博の女神。

ライブラ

秩序と均衡の女神。絶品カレーを作る。

セトランス

戦いと勝利を司る女神。

ミネルヴァ

薬学の女神。いつも死んだ魚のような目をしている。

テト

生命の女神。女神のなかで唯一、自分の迷宮をひとつしか持たない。

四面楚歌のプロローグ

ツァオバール王国の首都、マレイグルリは、十数年前の戦いのあと以来の厳戒態勢が敷かれていた。

都市をぐるりと取り囲むのは、同じツァオバール軍の兵たち。

その数は万を超えるといわれている。

「しかし、やりすぎじゃないっすかね。誰も町から出さないことが目的なら、門を封鎖するだけでも十分だと思うんですが」

新米の衛兵は外壁に上り、冷や汗を流しながら言った。

少し身を乗り出したところ、攻城用の投石機が目についたので、一歩下がった。

一度息を吐いて、呼吸を整える。

「任務に集中しろ」

「わかってるっすけど。それより、先輩。あれだけの兵、どこにいたんっすか?」

「国王軍だ。王宮にいたに決まっているだろ。ほら、あそこの天幕が見えるだろ?」

先輩の衛兵が、正門から見て中央奥に位置する赤色の豪華なテントを見る。

決して指をさすことはない。

「あの中に、国王陛下がいらっしゃるらしい」

「は？　ただの病人を封じ込むだけに、国王軍だけでなく国王陛下自らがいらっしゃってるんっすか？」

「それだけ、狂乱化の呪いが恐ろしいってことだ」

先輩の衛兵はそう言って、反対側を見た。

いまでも門の内側では、住民たちの対応に追われている。

当然だ。

正門だけでなく、すべての門が封鎖され、狂乱化の呪いについての説明も行われない。

狂乱化の呪いは、血液鑑定を行えば調べられる。

だが、血液鑑定を行える魔法捜査研究所員の数が少ないため、住民全員の鑑定を行うことができない。

そして、国王軍の使者が言うには、狂乱化の呪いをばら撒いている呪術師が町の中にいるはずだから、その犯人を確保するまでは、住民を外に出すことはできない。

「はぁ……なんでもいいから早く終わってくれないっすかね。俺、同人誌の即売会に行きたかったのに、これじゃ全部売り切れるっすよ」

「安心しろ、こんな状態で即売会があるわけないだろ。中止だ、中止」

「本当っすか？　あれ？　でもなんで先輩、そんなことを知ってるんっすか？　あ、そういえば先輩、今日、前から有休を希望していたっすよね？」

「余計なことを思い出すな」

「そうっすかね……ん？」

突然、新米の衛兵が上を見上げた。

「どうした？」

「視線を感じたんっすけど、気のせいっすかね？」

「上から視線？　鳥でもいたのか？」

「たぶん気のせいっす。それより、昼飯はまだっすかね」

新米の衛兵はそう言って、ため息をついた。


勘のいい兵もいるものだなと、俺は鷹の目を解除した。

視線に気付くスキルでもあるのだろうか？

どういう会話をしていたのかはわからなかったが、絶対に上空(こっち)を見ていたよな。

「イチノ様、いかがでしたか？」

「城壁の上の兵の数は多くて、緊張感があるな。町の外の軍の武装は、投石機などの攻城兵器もあったけれど、数はそれほど多くない。騎兵は二百ほどかな。やっぱり中から誰も出さない配置ってところか」

「そうですか……」

俺は、キャロと一緒に情報を集めていた。

基本はキャロの聞き込みでの情報収集だったが、町の外に関する情報はなかなか集まらない。そこで役立つのが俺の鷹の目だ。

上空から町全体を見渡すスキルを使えば、町の中からでは見ることのできない情報が入ってくる。

しかし、あまり外壁の近くでじっとしていると怪しまれるので、俺たちは昭和通りを歩いた。

「町の中にも不安が広がっていますね」

「でも、それほど混乱はないな。暴動が起きかねないと思ったんだが」

「町の中にダンジョンがあるお陰ですね。この町の初級者向けダンジョンは、別名食料庫ダンジョンと呼ばれるくらい、多くの食べ物を落としますから」

「植物系の魔物が多いのか？」

「魔物もそうですが、お肉もありますよ。植物系の魔物を食べる草食系の魔物もいるんです」

「魔物を食べる草食魔物って……いや、間違ってはいないんだろうけれど。ダンジョン内での食物連鎖か」

「その頂点にいるのが人間なのも、自然界と同じですね」

キャロがそう言って笑った。

現在、初級者向けのダンジョンの一般利用は禁止され、冒険者ギルドと傭兵ギルドに雇われた冒険者と傭兵が、食料を取りにいっている。

明日以降、町の住民を優先に配給が行われるそうだ。

ついでにいえば、ダンジョンがある町はゴミ問題もないという。

ゴミはダンジョンに放置しておけば、勝手にダンジョンが吸収してくれるのだから。

「はぁ、しばらくは町の中で待機か。この発端が全部俺のせいだってバレたら、行商人たちから袋叩きだろうな」

「イチノ様が悪いわけではありませんよ。それより、軍の動きが早いのが気になりますね」

「早いか？　狂乱化の呪いが広まっていることがわかって、一週間くらい経つけれど」

「一万二千の兵を用意するのに一週間は早すぎますよ。そもそも、一万二千という数が多すぎます」

「……だな。まるで戦争しに来たみたいだよ。町の外から楚歌でも歌われたら、降伏してしまいそうだ」

「ソカ……ですか？」

キャロが尋ねた。

四面楚歌って言ったら、この世界での適当な熟語に翻訳されたかもしれないが、楚歌だけだと意味が通じないのか。

「俺がいた世界で昔あった出来事だよ。楚という国の王様が城に立て籠もったとき、それを取り囲んでいる人間が、楚の国の歌を歌ったんだ。それで、国のお偉いさんは、自分たち以外の国の人たちが、すでに降伏したんだって気付いて絶望したって話……だったと思う」

断定できないところが、自分の学力のなさを物語っている。

たぶん合っていると思うが、確かめようがない。

ミリのアイテムバッグの中に、世界史の教科書とかはあっただろうか？

「歌っていた人は、どういう気持ちだったんでしょうね」

「歌っていた人？」

「はい。自分の国の王様を降伏させるために歌っていたんですよね。敵国に命じられて仕方がなく歌っていたのか、それとも自分の国の王様に降伏してでも生きてほしいと願っていたのか」

キャロの問いに、俺は答えることができなかった。

南大陸の最東端の町。

飛空艇の燃料となる魔石の補給中、ダイジロウは情報屋に手間賃を払ってため息をつき、忌々しく思う。

「国王軍はマレイグルリを占拠。表向きの理由は、狂乱化の呪いと犯人である呪術師の封じ込め。さすがに、他国に入ってくる情報はその程度か」

彼女が忌々しく思っていることの原因の半分は、国王軍の動向。狂乱化の呪いの蔓延への対処としては早すぎる——おそらく、国王軍は最初からマレイグルリに狂乱化の呪いが蔓延することがわかっていたに違いない。

名ばかりの市長とはいえ、自分の町が自分以外の誰かに玩具にされるのは面白くなかった。

そして、残りの原因は彼女の隣に座り、無言でカップラーメンに熱々の緑茶を注ぐ少女だった。

緑茶ラーメンなる即席麵の食べ方は、一部の即席麵愛好家にとっては至高ともいえるらしいのだが、そもそも即席麺をあまり食べないダイジロウにとっては、異色にしか見えない。前に見たプリンラーメンなる食べ物よりかは、いくぶんかマシに見えるが。

勿論、その食べ方が忌々しいと思っているのではない。

彼女が忌々しいと思っているのは、ファミリス・ラリテイの生まれ変わりである少女、楠ミリがあまりにもおとなしすぎることだ。

マレイグルリの危機を予言――いや、予言というよりかは運命を読み解いた彼女は、世界の終焉を回避するために、イチノジョウには役目があると言った。

それがなんなのか問い質(ただ)しても、答えは返ってこなかったが。

「……あぁ、そうそう。ダイジロウ、これはカップラーメンができ上がる三分間の間の与太話だと思って聞いてほしいんだけど」

「なにかしら？」

「私、マレイグルリに忘れてきたのよね」

ミリはそう言って、カップラーメンの蓋に鍋を載せた。そうすることで、一度剥がれたノリが粘着性を取り戻し、カップラーメンの蓋がくっつく。カップラーメンに重しを載せなくても蓋が開かなくなる、生活の知恵だった。

「忘れ物って？　いまさら取りに帰れっていうの？」

「いやね。私、ミルキーの本を作るのを手伝って、そこに大切な資料を書き入れたんだけど、内容を忘れたのよ」

「ファミリス、私はミルキーの本はしっかりと検閲したけれど、特に異常はなかったわよ」

「十七ページも見たの？」

「勿論、十七ページも――」

ダイジロウは理解した。

自分がなにを見落としたのか――いや、見落としてはいない。理解できなかっただけだ。

彼女はそれをしっかりと見ていたにもかかわらず、それを理解していなかった。

「このまま町が滅びると、あの本も、もう読むことができなくなるのよね」

ミリはそう言って時計を見る。

ダイジロウは気付いた。

ミリはなにもしなかったのではない。ただ、待っていたのだ。

交渉材料が揃う、そのときを。まるでカップラーメンにお湯を注ぎ、でき上がる三分間を待つかのように。

「……あの本には、なにが書いてあったの？」

「ちょっとした数式よ――ちょっとしたね」

彼女はそう言うと、カップラーメンの蓋を開けた。

時計の針は、お湯を注いでから二分しか進んでいなかった。

第一話　呪い発動

情報収集を終えた俺は、一度鈴木の家に戻った。

立派な日本家屋で、家に戻ったというより、宿泊施設に戻った感じが強い。旅館みたいだ。

「お帰りなさいませ。クスノキ様、キャロル様」

「ただいま、ラナさん。これ、今夜の夕食にと思って、買ってきました」

俺はそう言って、お米などを含めた食材の入っている袋を渡した。

「まぁっ！　ありがとうございます。町はこの状態ですから、お米の買い出しが非常に困難だったので、助かります」

ラナさんは笑顔で食材を受け取った。

米は町の外で作られている。米蔵は町の中にあるのだが、精米前の米は、基本的に、田んぼの隣の倉庫にしまわれることが多く、町はこれから慢性的なコメ不足になるそうだ。

「そうですよね。市場は戦争状態でしたよ。キャロがいなかったら、お米一粒も買えなかったかもしれませんね」

俺はそう言って苦笑した。

不謹慎だと思うが、デパートの年末ワゴンセールみたいだ。倉庫から野菜が運ばれてきたとき、並べられる前に売り切れてしまうのは壮観だった。

「あと、これはラナさんにお土産です。安物ですけれど、よければお使いください」

俺はそう言って、これからお世話になるラナさんに、お礼として簪を渡した。

キャロに選んでもらったものだ。

安物だけれども、和服姿で髪の長いラナさんに似合うと思う。

「……これを、私にですか？」

ラナさんは簪を受け取り、じっと見詰める。

気に入ってくれたのだろうか？

「お客様から私個人への贈り物をいただいたときのマニュアル――以前、一年と十日前にお饅頭をいただいたときは、おやつに食べていいと言われましたが、それ以外のときの命令がありません。いったいどうすれば――」

ラナさんがぶつぶつと呟き出した。

ラナさんはマニュアル人間だからな。そうか、食べ物以外のお土産をもらったことがなかったのか。

いったいどういう結論にたどり着くのかと思って、しばらく静観していた。

「そうです！　これは木製の簪ですから、食べられないことはありません！　つまり、三時のおやつとして食べれば問題ありません！」

「問題だらけですよっ！」

ケンタウロスを食べるよりも問題だ。

この人は、想定外のお土産をもらったときには、全部食べるのか？

胃の中に収めて証拠隠滅か？

「これは、着物に合う簪ですから、備品として、その着物と同じ扱いにしてください」

「あぁ、備品と同じ扱いですね。では、備品一覧に記しておきます」

ラナさんはそう言って、ポンと手を打った。

もしかして、簪を贈ったことは迷惑だったかな？　と気になって思考トレースを使ってみたところ、喜びに満ちていた。どうやら、簪そのものは気に入ってくれたらしい。

もしかしたら、お米が手に入って喜んでいるのかもしれないけれど。

そして、俺たちは部屋に戻った。

部屋の中は一度掃除されたらしく、ゴミ箱の中のゴミも空っぽになっていた。

ラナさんは完全なマニュアル人間だからな。融通が利かないのは悪いことのように思えるけれど、しかしそれは言い換えれば、仕事に手抜きをしないという意味でもある。

「それにしても、タルウィの目的はなんだろうな」

俺はアイテムバッグから水筒を取り出し、部屋にあった湯呑にお茶を注ぎながら、キャロに尋ねるように言った。

湯呑に注がれたお茶からは、湯気が出ている。

魔法瓶の水筒ではないけれど、アイテムバッグに入れている間は時間が止まっているので、まだ温かい。

「ありがとうございます。よくわかりませんが、状況からみて、王族が関わっている可能性は高いでしょうね」

キャロはそう言って、緑茶にミルクを入れて飲んだ。

余談であるが、日本人である俺にとって、緑茶にミルクを入れるのは邪道な気もするけれど、マイワールドにいる者の大半は緑茶にミルクを入れる。キャロも、前は俺に合わせて緑茶はそのまま飲んでいたが、最近はスーギューからミルクを取れるようになったこともあり、ミルクを入れるのが通例だ。ホムンクルスたちやダークエルフたちの大半も、緑茶を飲むときはかなりの割合でミルクを入れている。いま、マイワールドにいる者のなかで緑茶をそのまま飲むのは、俺とハル、ダークエルフの一部の者くらいだ。

砂糖は高級品というイメージが強く、マイワールドで作られている量も少ない。砂糖を入れるのは、自分で砂糖を作っているピオニアと、空気を一切読まないシーナ三号くらいだが、本心では砂糖を入れたい者も多いだろう。

きっと、日本人にとって紅茶を飲むような感覚なのだろうな。

閑話休題。

俺はお茶をすすって、頷いた。

「査察官に魔物を倒してほしいと頼まれた俺が、偶然タルウィと戦うことになったってことはないよな。査察官は王家直属の部下みたいだし」

「それもありますが、タルウィさん……タルウィは、イチノ様を殺そうとしたのですよね？」

「あぁ、そうだな。思考トレースをしたところ、殺意はあったと思う」

「正当な理由なく他者を殺せば、一発で犯罪職に堕ちます。にもかかわらず、タルウィはイチノ様を殺そうとした。普通、強さにこだわる人が、そんなことをするとは思えません」

どんな上位職の犯罪者になったとしても、レベルが1になってしまう。

獣戦士としてレベルの限界を突破しているであろうタルウィが、そんなことをするとは思えないってことか。

「新進気鋭の冒険者パーティに、殺されそうになったことはあるけど？」

「きっと、その新進気鋭の冒険者パーティはバカだったのでしょう」

「そんなことは……そうだな」

納得した。

しかも、あいつらはすでにドワーフの村で大暴れしたあとだった。犯罪職に堕ちるほどの騒ぎではなかったようだけれど、それでも裁判にかけられたら、有罪になるのは間違いない。

どうせ裁判で有罪になるなら、犯罪職になる道を選ぶようなバカだった可能性が高い。

いや、犯罪職に堕ちることを忘れていたバカという可能性もあるか。

「でも、タルウィの殺意は本物だったぞ？　それに、たぶんタルウィはバカじゃない」

「はい、その通りです。しかし、ある一定レベル以上の貴族や王族などの許可があれば、【免罪】というスキルを覚えます。その免罪スキルを使い、殺害を命令されたのなら、イチノ様を殺したとしても犯罪職に堕ちることはありません」

貴族や王族の許可……か。

「貴族と王族以外にも、同じようなことができるのか？」

「はい。数は少ないですが、存在します。ただし、あまり現実的ではありませんね」

「なんでだ？」

「他者を害することを許可できる職業は、あと三種類が確認されています。教皇、勇者、そして魔王です」

「なるほどなぁ。そうだ、キャロ。ついでに、どんなことをしたら犯罪職に堕ちるか、教えてもらっていいか？」

以前、ベラスラの町のチンピラたちは、俺とハルに恐喝紛いの行為をしてきた。

彼らは、どこまでしたら犯罪職に堕ちるか、わかっているような口ぶりだった。その知識を悪用するつもりはないが、逆に自衛の意味では覚えておかないといけないだろう。

いまさらだけど。

「明確に〝これ〟というものはありませんね。たとえば他人のものを盗んだとしても、一回盗んだだけでは犯罪職に堕ちることはありません。勿論、衛兵に捕まって裁判にかけられたら、正当な手続きのあとで贖罪者に転職させられますけれど。逆に一回では犯罪職に堕ちないような罪でも、複数の種類の罪を犯して、犯罪職に堕ちたという例もあります」

「軽犯罪なら一度では犯罪職にならなくて、複数回で犯罪職か……」

自動車の違反点数制度みたいだな。

一定以上点数が加算されると、免停――みたいな。

「あと、殺人についても、状況に鑑みて犯罪職に堕ちないこともあるそうです。たとえば、病気で苦しんで死を望む患者を安楽死させた医者は、法律上は罪でも犯罪職に堕ちません。しかし、苦しみに耐えてでも生きたいと望む患者を安楽死させたら、犯罪職に堕ちます。すべては、女神ライブラ様の導きのもと、決まるといわれています」

「基準に関しては、結構融通が利くんだな。それにライブラ様なら、女神様のなかでは一番安心して任せられそうだな」

「はい。とある法学者によると、女神様の裁定があるお陰で、世界の犯罪の九割以上は未然に防がれているという説もあります」

「それは、いえているな」

誰にも気付かれないような罪でも、女神様が見ているから悪事はできない。

「本当に便利な機能だよ」

神様が見ている。

「そうですね。でも、そう思わない人もいますけれど」

へぇ、そんな人がいるのか。

確かに、根っからの悪人とかは、そう思うかもしれないな。

さらに話し合っていると、ハルと鈴木が帰ってきた。

ふたりは、食料を入手するために初級者向けダンジョンに潜り、魔物を狩っていた。

初級者向けダンジョンには、野菜を落とす魔物が多いので、農家の収穫のようなイメージで魔物を倒していたらしい。

「ハル、お帰り。鈴木に変なことをされなかったか？」

「ごほっ」

俺に言われて反応したのは、ハルではなく鈴木のほうだった。

過剰なまでの反応で、普通ならなにかあったのだろうかと、勘ぐってしまうところだ。

「ちょっと、楠君。そんなことはあるわけがないよ！」

「あぁ、わかっている、冗談だ。お前のヘタレっぷりは、俺が一番よくわかっている」

俺も相当にヘタレな部類だが、鈴木のヘタレっぷりは、ハーレム展開のある少年漫画における、主人公のそれに等しい。

ラッキースケベどころか、跪（ひざまず）いてキスをするような展開すらない健全っぷりだ。

鈴木は俺と軽く言葉を交わすと、副市長と打ち合わせがあると言って出ていった。

さてと、三人になったな。

「ハル、ちょっとこっちに来い」

「はい」

ハルは、尻尾を揺らして俺の傍に近付く。

ハルの汗の匂いが俺の鼻孔をくすぐる。この匂いは嫌いではないが、そのまま汗を放置するのは美容にもよくない。

俺はハルに浄化の魔法をかけた。

体と服が一緒に綺麗になる。

「ありがとうございます。あの……ご主人様。せっかく綺麗にしていただき、申し上げにくいのですが。私と……その、もう一汗かきませんか？　ふたりでしたことはありましたが、よければキャロも含めて三人で」

三人で汗を……!?

それって、もしかして――いやいや、待て、待て待て、さすがにそれは早……くはないか。俺とハル、俺とキャロ。それぞれの関係はすでに、かなりのところまで発展している。

三人で……っていうのも、展開としてはありなのではないだろうか？

さっき、鈴木のことをヘタレだと言った手前、ここで引き下がるのは男じゃないだろ。

「イチノ様、キャロは……もうダメです。体が壊れちゃいます」

キャロが荒い息でそう言った。仕方がない、一時間もぶっ続けだったからな。

キャロにはスタミナヒールをかけて、休ませることにした。

「ご主人様、私はもう少し――今度はもう少し激しくお願いしたいです」

火照った顔でハルが言った。ハルは始めたばかりのときよりも、元気になっている気がする。

本当は俺もキャロと一緒に休憩したかったのだが、しかし、ハルにそう言われて、無理だと答えられるわけがない。

　こっそりと自分の体にスタミナヒールをかけて、第三ラウンドを始める準備を行う。

「わかった、もう少し激しくいくぞ。痛かったら言えよ」

「大丈夫です。ご主人様のだと思うと、痛いなんて思いません」

　こうして、俺とハル――ふたりきりの勝負が始まった。

　マイワールドの草地での、木刀での打ち合いが。

　それにしても、ハルの奴、一緒に剣の稽古がしたいのなら、そう言ってくれたらいいのに。わざわざ紛らわしいことを言わなくても。

　いや、普通は汗を流すといったら、運動のことか。

　俺が邪推しすぎただけだったな。

　最初に三十分素振りをして、俺とハルが模擬戦を行い、再度三十分素振りをした。

　懐かしいな。この世界に来たときは毎日のように素振りをしていたが、いつの間にかしなくなった。

　ハルはあれからも毎日続けていたので、少々申し訳ない気がしていた。

　こうして、ふたりで模擬戦をするのは久しぶりだな。

　現在の職業は、攻撃力を抑えるため、魔法職重視にしている。それでも、速度の合計はハルを軽く上回っているのだが、俺の攻撃はハルに紙一重で躱されていた。

　スキルは使っていないし、顔などは狙わないようにしているけれど、それでも手を抜いているわけではないのに。

突きによる攻撃は左右に躱され、薙ぎによる攻撃は後ろに飛んで躱される。

中途半端に切りかかっても、斜めに躱されてしまう。

攻撃が一度も当たらない。

それならばと、職業をひとつ、すでに極めている剣士に変更。

速度が上昇する。

ハルの表情が僅かに変化した。

普通の人が見たらわからないけれど、ハルの顔を見てきた俺ならわかる。

焦りと、同じくらいに喜びがある。

ハルはただ躱すだけでなく、剣で攻撃を受け流すことも増えてきた。

躱しきれずに服に掠ることもあるが、ダークエルフの秘術によって作られた服が、傷付くことはない。

「もう少し速度を上げるぞ」

「はいっ！」

第三職業を見習い剣士に変えた、直後だった。

俺の攻撃がハルの肩に当たってしまった。

「くっ」

「ハルっ！　大丈夫か？」

「はい、大丈夫です。さすがはご主人様――この服なら、些細な攻撃だったら受け流せるのですが」

「いますぐ治療をするから見せてみろ」

「はい」

ハルがそう言って、服を脱いだ。

肩のあたりが赤く腫れている。ハルの肌は白いので、腫れ上がっているのがよくわかった。このまま放置しておけば、青く変色するだろう。

「って、服を脱ぐ必要はないぞっ⁉」

「あ、申し訳ありません。つい――」

「いや……まぁ、うん」

ほぼ無表情のハルだが、それでも照れているのはわかる。

俺も釣られて、照れてしまう。

「イチノ様、ハルさん。キャロがいるのを忘れないでくださいね」

休憩中のキャロに指摘され、俺はいそいそとプチヒールを唱えてハルを治療した。


ハルとの練習のあとは、露天風呂で汗を流すことにした。浄化で綺麗にしてもよかったのだけれども、せっかく天然（?）温泉があるんだし、と風呂に入ることにした。

ただ、普通に露天風呂に入っていても風情がないなぁ。

雪を降らせることはできないか？　と試しに空に向かって、魔法を放ってみることにした。

雪見露天風呂ってわけだ。

「細氷大嵐（ダイヤモンドダスト）！」

細かい氷の嵐が、上空に巻き上がる。

吹き上がったそれらは、しばらく上空に漂ったかと思うと、重力に従って落ちてきた。

「おぉ、これは風情が……いや、これは雹（ひょう）だな」

少し痛い。雪にはならない。

我ながらバカなことをしたと思っていると、脱衣所から気配がした。

ホムンクルスの誰かだろうか？

魔力の補給は十分にしているはずなんだが、ニーテあたりは魔力が足りていても、俺をからかうためにわざわざ男湯に入ってくる。

最近、ニーテに裸を見られるのも少しは慣れてきたが、やっぱり落ち着かないんだよな。

そろそろしっかりと注意しておかないといけない。

脱衣所から彼女が洗い場に入ってきた。

俺は振り返り——

「おい、お前。いい加減に——」

注意しようとして、言葉に詰まった。

そこにいたのは、ニーテではなかったから。

「なんで雹が降ってきてんだ？」

そう言って入ってきたのは、フルートだった。

一糸纏わぬ姿だ。

「お前、こっちは男湯だぞ！　女湯は隣だ！」

「わかっているよ。あぁ、この前は悪いことをしたからな、背中を流しにきたんだが……寒いな」

「そ、そうか……まあ、いまは寒いから、中に入れよ」

「入るから、あまりこっちを見ないでくれよ」

「わ、悪い」

俺は慌てて背を向けた。

そういえば、こういう経験は初めてだ。

これまで、一緒にお風呂に入ったのは、多かれ少なかれ俺に好意を持っている相手だった。

しかし、フルートは違うんだよな。

彼女は俺への謝罪の意味で、背中を流しにきた。

そんな彼女の好意を無にするわけには――

そう思ったとき、背中に柔らかいふたつの感触が――これは――

「声を上げるな……」

彼女の腕が俺の首を絞めつけた。

完全に油断していた。

「なんのつもりか聞いていいか？」

「私をここから出せ」

「なんのためにだ？」

「仲間を助け出す。私の仲間は教会の奴らに連れていかれた。私が助けないと——私を拷問した男が言っていたんだ。私の仲間は全員教会に運ばれた。そこで裁判にかけられ、殺されるって」

フルートを拷問した男……邪狂戦士になったフルートに殺された、あの兵か。

彼女の言っていることは事実だ。

血液鑑定によって発見された悪魔族は、全員教会に運ばれた。

そして、おそらく裁判にかけられ、死刑になるだろう。

「悪いが、お前をここから出すわけにはいかない。ここにいるダークエルフたちは、ようやく平穏な場所を手に入れることができた。彼女たちが生きていることが、お前の口から広がらないとも限らない。彼女たちを危険に晒すわけにはいかない。それに、お前が生きていることが世間に知られたら、お前の死を俺と一緒に確認した鈴木の立場も悪くなる」

俺はそう言って、ため息をつき、そして言った。

「それに、言っちゃ悪いが、お前の物攻値で俺を絞め殺せるわけがないだろう？　かなり力を入れているみたいだが、全然苦しくないぞ」

「なっ……」

フルートは動揺し、さらに腕に力を入れた。

「だから、全然苦しくない」

フルートには、前に教えたはずなんだがな。贖罪者であるフルートの物攻値じゃ、マイワールドにいる誰も殺すことはできないと。

おそらく、隙を突けばなんとかなると思ったのだろう。

「というか、腕に力を入れて体を寄せるたびに、お前の胸の感触が直に伝わるんだが」

俺がそう言うと、フルートは俺を突き飛ばすように後ろに退いた。

本当は、裸で一緒に風呂に入るのも、かなり恥ずかしかったのだろう。

いつの間にか、雹がやんでいた。

「はぁ、そこにいるんだろ？」

俺はそう声をかけた。

男湯に入ってくる人物で、俺が殺されそうな状態でも冷静に対処しそうな奴はふたりしか思い浮かばない。

ピオニアかニーテだ。しかし、ピオニアならこんなまどろっこしい真似はしない。

「ニーテ」

「気付いていたのか、マスター」

「気配がしたからな。それに、いちおうホムンクルスの誰かに、フルートを見張るように命じておいただろ？」

「あぁ、命じられていたな。マスター相手ならまだしも、ほかの子に万が一のことがあったら困るから」

そして、ニーテは右手の指を縄のように変形させ、フルートを縛り上げた。

そんな変形もできるのか。

知らなかったが、どこか悪い宇宙人みたいで、夢に見そうだ。

フルートはおとなしく立ち上がり、風呂から出る。

そして、フルートがニーテの前まで歩くと、ニーテはフルートの首筋に手刀を浴びせた。

フルートは気絶する。

ニーテにしては手荒すぎる気もした。

「マスター、こいつの処分はどうする？」

「そうだな――トイレ掃除一週間とかはどうだ？」

「マスターは女に甘いな。せっかくあたしが、現行犯逮捕できる空気にしたのに。獅子身中の虫って言葉くらい、マスターでも知っているだろ」

ニーテの奴、やっぱり俺が首を絞められているところも、黙って見ていやがったのか。

まぁ、俺が大丈夫だっていう前提もあっただろうけれど。

「そりゃ甘くもなるさ。突然こんなところに連れてこられたら、帰りたいのは普通だろ。むしろ、俺が勝手に誘拐したようなものなんだし。それに、彼女には殺意はなかったからな。というより、俺を傷付けることに恐怖していたみたいだった」

「思考トレースか？」

「そんなもん使わなくてもわかるよ」

なにせ彼女は、俺にくっついていたんだ。

心音が直に伝わってくる。

俺の首を絞めたとき、力はほとんど入っていないのに、心臓がバクバクと震えていた。

そもそも、大切な人を助けたいと切に願う彼女が、仲間のためだからと割り切って、俺を殺せるわけがない。

本当に、ただの脅しのつもりだったのだろう。

「あぁ。今回のことはキャロとラエルには話していいが、ハルには黙っていてくれよ」

たとえ本気ではなかったとしても、俺を殺そうとしたことがハルに知られたら、今度は彼女がフルートを殺しかねない。

「わかってるよ。ただ、行動はかなり制限させてもらうからな。しばらくは要観察とさせてもらうぞ。ひとりでは無理だからって、ダークエルフたちに妙な噂を吹聴されても困る」

ダークエルフのなかから造反組を募って、反乱組織を作るとでもいうのだろうか？

ダークエルフ全員の詳細情報は把握していないが、ふたりか三人くらいなら俺に対し、悪感情を持っている者もいるかもしれない。

ただ、いくら悪口を広められても、反乱組織ができ上がることはないだろう。

ララエルの規律は厳しいからな。

「別にそのくらいならいいよ。ほかの奴らに手を出そうとしない限りは」

ニーテたちにも、万が一フルートがここにいるほかの人たちを殺そうとしたらどうするか、伝えてある。

フルートには悪いが、俺にはここにいる皆を守る義務があるからだ。

「というか、皆、俺のことを大切にしすぎだ。少しくらい好感度調整は必要だろ」

「マスターの好感度が高いのは、いまさら揺るがないよ。だって、マスターはそれだけのことをしてきたんだから。むしろ、マスターの悪口を吹聴したら、フルートの立場が悪くなるだろ」

「なるほど——」

俺はフルートを連れていくニーテを見ながら尋ねた。

「なぁ、ニーテ。教会に連れていかれた、ほかの悪魔族を助け出すことって——」

「なんでもかんでも抱え込むなよ。領分を考えてくれ。頼むから」

「……わかった」

俺はそう言って、露天風呂の岩にもたれかかった。

空気はこんなに冷たいのに、どうやら俺の頭は全然冷めていなかったようだ。


風呂上がり。

ハルとキャロはまだ風呂に入っていたので、俺はシーナ三号と一緒にリバーシで遊んでいた。

ミリが持ってきたものではなく、マレイグルリで売っていたものなので、盤は金属製で値段もお安くはなかった。

いちおう石に磁石が埋め込まれているが、なぜか白と黒ではなく、黒の裏側は赤だった。

これが本来のリバーシだと店主は言っていたけれど、キャロが言うには、白い塗料より赤い塗料のほうが安いからだろうとのこと。

ちなみに、このリバーシ……全然楽しくない。

「シーナ三号の三連勝です！　チャンピオンです！」

勝てない。

全然勝てない。

高性能機械人形の名残ということか。

リバーシは、遊ぶ人間の性格が出る。

ハルはかなりの早打ち。しかし弱い。

脳筋というわけではないのだけれども、誘いに弱いところがある。

俺に負けることは彼女にとって苦ではなく、むしろ誇らしそうにしているが、早めに終わろうと言うとかなり渋る。口には出さないが、尻尾がそう言っている。そうなると一時間以上リバーシをすることもあるので、夜の交渉前には絶対にしないと決めた。

キャロは俺より僅かに強い。じっくり考えるタイプで、かなり堅実な打ち方をする。あと、キャロはリバーシ中も普通に雑談をする。リバーシのことを遊戯としてではなく、コミュニケーションの一種として利用している人間だ。

ピオニアとニーテは、シーナ三号同様に強くて、俺ではまず勝てない。

ピオニアは、淡々と石を置いて勝利して去る。そこに口を挟む余地はない。

ニーテは、勝負に負けたほうが服を脱いでいこうと提案してくる。あまりにもしつこいので、下着は脱がないという条件で受けたことがあるのだけれども、途端にニーテの奴は、わざと負ける。俺が必死に負けようとしても勝ててしまう。そして、服を脱いでくる。露出狂——というわけではなく、俺を誘惑しているようだ。

　彼女がもう少し大人の体をしていたら危なかったと、本気で思った。

「もう一度するか？」

　俺は、盤上の石をストーンケースに戻しながら（マイワールド公式ルールで、勝負に負けた人間が石を片付けることになっている）、シーナ三号に提案した。

　きっと勝負に乗ってくると思ったのだが、意外なことにシーナ三号は首を横に振った。

「やめておくデス。マスター、ただでさえ弱いのに、上の空ではシーナ三号に勝てるはずがないデスよ」

「上の空って、そんなことは……」

　ないとも言い切れない。

　マレイグルリがあんな状況になっているなか、呑気に遊んでいていいのだろうか？　と思っていたが、そこはマレイグルリの役所の人間がやることだからと割り切っていた。

　しかし、フルートの必死の思いを聞き、今回の事件に巻き込まれた悪魔族のことを考えると、本当に俺はなにもしなくていいのか？　なにもできないのか？　と考えてしまう。

　俺にできることといえば、呪いにかかっている者が見つかったとき、ディスペルで解呪（かいじゅ）することくらいなのだけれども。

「マスターの事情は、ある程度理解しているデス。なにかできないか、考えているのデスか？」

「ニーテの奴は、俺が全部抱え込む必要はないって言っていたけどな」

「そうデスか？　ニャーピースの主人公のエフィならきっと……どうするんデスかね？」

いいことを言おうとしたのだろうが、言葉が思い浮かばなかったらしく、シーナ三号は考えた。

まぁ、彼女の言わんとすることは理解できたので、俺はため息をついて答える。

「アニメのキャラと一緒にするな。アニメや漫画の主人公っていうのは、すべて解決できるルートが、あらかじめ絶対に用意されているものなんだよ。たとえば推理小説なら、本物の完全犯罪を成し遂げた犯人なんて存在せず、絶対どこかに証拠を残しているものだろ？　でも、実際は犯罪の証拠なんてそうそう見つかるものでもないし、ましてやひとりの探偵や刑事の閃きで、事件が解決することなんて稀だ」

「それをいったら、毎週殺人事件に出くわす探偵のほうが稀デスよ」

それは何千回、何万回と使われたネタなので、いまさら言う必要もないだろう。

といっても、俺も行く町、行く国でなんらかの事件に巻き込まれているのだから、あまり強く否定できないけれど。

「要するに、神様が運命にテコ入れしない限り、素人がすべてを解決することはできないんだよ」

この場合、神様というのは、作者だったり脚本家だったりするわけだが。

「でも、マスターはその神様に呼ばれてきたのデスよね？」

シーナ三号は、それを比喩として捉えなかった。

「……正しくは女神様だけどな」

思わぬシーナ三号の反論に、俺はそう言い返すことしかできなかった。

この世界に召喚された日本人は、滅びの運命から世界を守る存在だとテト様はおっしゃった。そのために、俺は日本から転移してきた……と。

俺はテコ入れのテコなのだ。

かといって、特別俺がなにかしなくてはいけない義務があるわけではなく、俺が自由に思うままに生きた結果、この世界は救われるらしい。

「自由に生きろって言われただけだよ……運命もなにもない」

「自由に生きたいのなら、マスターはなにをしたいのデスか？」

「ハルとキャロとイチャイチャしていたい」

「シーナ三号なら、いつでもいちゃいちゃに付き合うデスよ。マスターは、シーナ三号のことが大好きデスから」

「はいはい、好きだ好きだ」

「雑過ぎて、否定されるよりつらいデス！　エーンデス！」

シーナ三号はそう言って泣き真似をした。

髪をケンタウロスに食べられたと言っていたときを思い出す。短くなっていた髪は、もう見事に元通りになっていた。

泣き真似に飽きたのか、シーナ三号はすぐに俺の目を見てさらに尋ねる。

「シーナ三号がマスターに抱かれるには、どうしたらいいのデスか？」

「…………」

「シーナ三号はマスターのことが大好きデスよ？　シーナ三号の命を救おうとレヴィアタンと戦ったあの日から、ずっと好きデス」

「……お前、デイジマで俺のことを侵入者だと言って襲いかかってこなかったか？」

「記憶にないデス」

高性能の機械人間（サイボーグ）は、都合の悪いことを忘れてしまうという機能まで搭載されているらしい。

「マスターは、シーナ三号を救った責任を取るべきデス」

「救われておいて責任とか……」

「ダークエルフたちを救った責任は、果たそうとしているデスよね？」

「そりゃ、あれは事情が違うだろ。あれは俺が勝手に救ったからで――」

いや、事情が違うことはない。

シーナ三号もあのとき、南の島で死ぬ覚悟を決めていた。

それを、俺が勝手に救った。

そして、それはフルートも同じか。

「救ったからには最後まで救えってことか？　家に帰るまでが遠足――みたいな感じで？」

「全然違うデス」

シーナ三号が、呆れたというような目をして首を横に振った。

人を小馬鹿にしたような顔に、少し腹が立つ。

「は？　責任を取れっていったのはお前だろ？」

「責任を取るというのは、マスターは好かれる責任を持てということデス。シーナ三号もダークエルフたちも、マスターのことが大好きデス！　だから、マスターはその気持ちに応えるべきデス」

「好かれることに責任って、全員抱けっていうのか？　どんなハーレム漫画だよ」

「それは、シーナ三号にとってはありなのデスよ？　ダークエルフもシーナ三号も、抱いても子供はできませんから、責任という言葉が嫌いなマスターには、むしろお勧めデス」

なんで俺が、責任という言葉が嫌いってことになっているんだよ。

……あまり好きじゃないけれどさ。

「話が変わりすぎだろ！　俺がどう自由に生きるかって話だったはずだ」

ハルとキャロとイチャイチャして過ごしたいなんて言った俺が悪い気もするが、ここはシーナ三号に責任を擦り付ける。

「無職チートと成長チートで得たこの力があれば、ある程度のことならなんでもできるって思っていた。でも、実際はそうじゃない。お前のときだって、結局はレヴィアタンに島を無茶苦茶にされた。デイジマでは、島を魔物の侵攻から守っても、ミリを連れていかれてしまった。ニックプラン公国のときだって、結局は軍を足止めしてダークエルフたちを逃がすことしかできなかった。最善ルートを進むことはできても、最高ルートを探り出すことはできないんだ。ゲームオーバーにはならず、ノーマルエンドにはたどり着けても、トゥルーエンドにはたどり着けないんだ」

いまでも考える。

もっと上手くできたのではないか？

もしも、この力を持っていたのが俺ではなくミリだったら、きっと俺なんかが思い付かないような方法で、皆を幸せにしているのではないか？

そんな風に考える。

「マスター？　トゥルーというのは真実という意味デスよ？」

「そんなこと、言われなくてもわかっている。言葉の綾っていうやつで――」

「わかってないデス。マスターの求めていた最高の結果がどういうものかはわからないデスけれど、シーナ三号もダークエルフもこの結果に満足していて、そしてこの結果こそが、皆にとっての真実なのデス。そしてハッピーエンドなのデス。だからマスターには、この現実を真実ではないなんて思ってほしくないデス。正しくないなんて、言葉の綾でも思ってほしくないデス」

シーナ三号はそう言って俺の後ろに回ると、そっと腕を回した。

「マスターがくださった真実（幸せ）を、絶対に否定しないでください」

密着しているからこそ聞こえてくるような小さな声で、シーナ三号は言った。

「お前……語尾はどうしたんだよ……」

これまでにないシーナ三号の態度に、俺はそんなどうでもいいことしか言えなかった。

そして、俺はシーナ三号に尋ねる。

「シーナ三号、俺はどうしたらいいと思う？」

「まずは、マスターがやりたいと思うことを考えてください。実現可能か不可能かは関係なく、誰かに迷惑をかけるかかけないかも関係なくデス」

「俺がやりたいこと――」

今回の事件について、俺がやりたいことは三つ。


狂乱化の呪いの問題を解決したい。

教会に連れていかれた悪魔族を助けたい。

フルートを家族や仲間のもとに帰してやりたい。


連ねてみて、実現可能なことはなにひとつないように思える。

「渋い表情をしているデスね」

「まぁな。己の無力さに打ちひしがれているところだよ」

「無職の無力デスね」

「うるせぇ！　で、このあとどうすればいいんだ？」

「それについて、皆で考えるのデス。きっと皆も力になってくれるデスよ？」

シーナ三号がそう言うと、突然背後から声が聞こえた。

「はい。私はご主人様の剣で盾です。ご主人様の望みのためなら全力を尽くします」

「キャロも、イチノ様のやりたいことのために全力を尽くします。どうぞおっしゃってください」

いつの間にか、ハルとキャロが俺の背後にいた。

全然気付かなかった。

「力を貸してくれるのか？」

「貸すのではありません。この私の力は、常にご主人様のものです」

「それに、きっとイチノ様がしたいことって、キャロたちもしたいことですからね」

ハルとキャロが言った。

キャロは――いや、ふたりは、俺がやりたいことはおおよそわかっているはずだ。にもかかわらず、彼女たちは俺と一緒に最善の策を考えると言ってくれた。

俺が無理だって決めて悩んでいたのが、バカみたいに。

(好かれる責任……か)

思い出したよ。

責任って、信頼の証なんだよな。

ハルとキャロは――いや、ここにいる皆は俺のことを信頼してくれている。だから彼女たちは、迷わず俺の力になってくれる。

責任という言葉が、少しだけ好きになった。

俺はマイワールドの皆を集めて、俺がやりたいことについて相談した。

狂乱化の呪いの解決。悪魔族の保護。そして、フルートを仲間のもとに返すこと。

「狂乱化の呪いは、全員の血液鑑定が終われば解決するのではないですか？」

ハルが尋ねた。時間はかかるが、それが一番の解決方法に思えるし、実際、血液鑑定は現在も魔捜研で行われている。

しかし、キャロが異を唱えた。

「時間がかかりすぎますし、それに根本的な問題が解決しません」

「根本的な問題？」

俺が尋ねると、キャロは指を一本立てて言った。

「呪いの原因がわからないままです。マレイグルリの包囲は狂乱化の呪いにかかっている人と同時に、呪術師の封じ込めの意味もありますから」

「そうか……逆に言えば、その呪術師さえ捕まえれば、誰に呪いをかけたかがわかるわけか。どうやって見つければいいのかは、わからないけれど」

「マスターの職業鑑定で呪術師を特定できないのか？」

俺が悩んでいると、ニーテが手を上げて言ったが、俺はそれは完全ではないと思った。

「町でも、呪術師の洗い出しはやっているみたいだ。怪しそうな人物の職業証明書をチェックしているそうだ。ただ、転職しても覚えたスキルは使えるからな。呪術師がすでに転職している可能性がある以上、絶対じゃない」

勿論、手段としては使える。

職業証明書は偽造したり、非合法な手段で入手が可能なので、職業鑑定はなるべく使っていきたい。

「…………」

ダークエルフの少女が手を上げた。

話したことのない子だ。

「えっと、名前は？」

「ロロム」

彼女はそう名乗った。

「ロロムはダークエルフの呪術師です」

ラララエルがそう言った。

ダークエルフにも呪術師がいたのか。

【呪術師：ＬＶ７】

職業鑑定で確かめた。

レベルが高いのかはわからない。

「ロロム、なにか呪術師としての意見はあるのか？」

彼女は無言で、藁で編まれた人形を四つ、俺に渡した。小さくて可愛らしい。

「これは？」

俺が尋ねると、ロロムは困ったようにラララエルを見た。

「すみません、イチノジョウ様。呪術師は言霊を操ることができるのですが、未熟なうちはその言霊が暴走してしまいかねないので、ロロムはあまり喋らないようにしているんです」

「制御が難しいスキルを持っていると、大変ですからね」

キャロが言った。彼女も誘惑士のスキルで苦労したから、ロロムの気持ちが少しわかるのだろう。

「ロロムさん。それはもしかして、身代わり人形ではありませんか？」

キャロの問いに、ロロムは頷いた。

身代わり人形？

「身代わり人形は、代わりに呪いを受けてくれる人形です。イチノ様が呪いにかからないように、用意したのでしょう」

「そりゃ助かる。ありがとうな、ロロム」

俺が言うと、ロロムは顔を赤面させた。

四つあるので、俺、ハル、キャロとひとりずつ使って、残り一個は鈴木に持たせておこう。

ロロムはさらに、一枚の紙を俺に渡した。

口に出すのはダメでも、文字に起こしたらいいのか。

紙にはこう書かれていた。

『呪術師としての私見を述べます。遠距離での呪術の発動条件として、対象者の毛や爪、血液などが必要です。落ちている髪の毛だけでも術の発動は可能ですが、狂乱化の呪いのような強力な呪術は、失敗時の反動が非常に大きいので、術を確実に発動させるには、髪の毛だけでなく、対象者の念の籠もっているものを使っているでしょう。術者の特定を優先するなら、対象者の私物の入手経路を探るのがいいかもしれません』

なるほど、これは役に立つ情報だ。

俺はロロムに礼を言った。

被害者の私物か。

これまでの被害者に、なにか盗まれたもの、なくなったものがないか、調べてもらわないといけないな。

「あの、イチノジョウ様！　私から質問があります！」

そう言って手を挙げたのはリリアナだった。

「なんだ？」

「同人誌の即売会が中止になったため、ミルキーという女性の行方がわからなくなったと聞きましたが、本当に完全に中止になったのでしょうか？」

その質問に、俺はキャロを見た。

彼女は俺の考えを汲み取り、無言で頷く。

「ああ、間違いないだろう」

「表の即売会は中止になっていますが、同人誌は禁書扱い、もともとアンダーグラウンドで売買されていたと聞きます。それなら、有志が集まって裏で取り引きをしている会場が、どこかにあるのではないでしょうか？」

リリアナの質問は、俺にとって考えもしないものだった。

そうか。どこか別の場所で、こっそりと同人誌の売買が行われているかもしれない。

「キャロが調べてみます」

俺が頼む前に、キャロが「これは自分の役割です」と言わんばかりに発言した。

狂乱化の呪いについてある程度まとまったところで、俺は次の話をした。

「次に、悪魔族について相談がある」


価値ある意見が出た話し合いは終わり、俺はフルートに会いにいった。

彼女がいたのは、見たこともない施設だった。

「教会?」

マイワールドに、いつの間にか女神教会ができていた。

ピオニアから教えてもらった場所はここなんだが、悪魔の居場所が教会ってどうなんだ?

そう思って教会の扉を開けた。

そこにいたのはひとりの修道女。

それはフルートだった。

「なんで修道服なんだ?」

「あぁ……あんたか。これはピオニアって嬢ちゃんに用意してもらったんだ」

「それはわかるが、フルートにとって教会は敵だろ?」

「全部の教会が敵ってわけじゃないさ。修道服も違うだろ？」

そう言われてみれば、マイルが着ていたものや、ほかの修道女の修道服とは異なっていて、女神教会のそれとは違うようだ。

「魔神教とか、そういうものでもあるのか？」

「あはは、魔神って、そんなおとぎ話を信じているのかい？」

フルートはおかしそうに笑った。

「まぁ、女神様を祭っているけれど、派閥が違うのさ。こんな場所にいたら、仲間を助けにいくこともできないからね。神頼みってことで、こうして修道服を作ってもらったのさ。似合うだろ？」

悪魔の翼と角、そして修道服は一見ミスマッチに思えるが、日本ではこの手の組み合わせはむしろ王道だったりするので、確かに似合っていると言えるだろう。

「……女神像は、まだないのか？」

教会といえば、女神像があるイメージだったが。

でも、狭い教会だし、女神像を飾る余裕はないか。

「すまなかったね。ニーテから聞いたよ。あんたが悪魔族のためになんとかしたいと思ってくれていることも、それが許されるような立場じゃないことも」

「……悪いな」

「いいさ。あんたの言う通り、私ひとりあっちに行ったところで、捕まって処刑されるのがオチさ。それどころか、下手をすればほかの皆に迷惑がかかってしまうことがあるかもしれない。でも、この力があれば鉄格子くらいなら壊せるかなって思ったんだ」

「この力？」

「破壊——邪狂戦士だった頃に覚えたらしいスキルだよ」

彼女はそう言うと、この教会を建てたときのあまりだと思われる、室内に残ったままの木材を殴りつけた。すると、木材が真っ二つに割れる。

彼女の現在の職業は贖罪者——平民よりも遥かに劣るそんなステータスで木材を割るのは本来、不可能だ。

「無生物に対してのみ、圧倒的な威力を誇る攻撃だよ。一時間に一回しか使えないのと、生物相手にはダメージが半分になるのが厄介だけどね」

そうか。邪狂戦士のときに扉を壊したのは、そのスキルだったのか。

便利そうなので、コピーキャットのフェイクアタックに登録しておこう。

「でも、一時間に一回じゃ、さすがに脱獄は難しいだろ」

「だろうね。でもさ、教会の地下牢には——いや、なんでもない」

フルートがなにかを言おうとした。

いったいなにを？

「それより、私になんの用だい？　さっきのお仕置きにでもきたのか？　胸も触られたことだし、もうどうにでもなれだ」

胸も触られたって、押し付けてきたのはお前だろうが。

そう言いたいが、これから話すことが大事だ。

「いいや、俺の決意を報告しにきた」

「決意？」

「ああ。悪魔族のことだ」

俺は小さく息を吸って言った。

「捕まった悪魔族のことは諦めない。考える。できれば助ける。なんとかできる方法を思い付けば、なんとかする」

そう言うと、フルートの目は点になった。

そして――

「は？　なんとかできる方法を思い付けばなんとかするって、思い付かなかったらどうするんだよ」

「思い付くまで考えるさ。それでもダメなら相談する。俺の知り合いには貴族や王族もいる。教会の人間もいるし、勇者の仲間だっているんだ。それに、金を稼ぐ手段もある。奴隷堕ちになるようなら、金を払って解決する。賄賂でなんとかなるなら、その分の金も稼ぐ。とりあえず、狂乱化の呪いの騒動が終わってからになるがな」

それが、さっきの話し合いで出た結論だ。

「王族や貴族に相談？　賄賂？　あんた、無茶苦茶だね」

フルートは驚いたというよりは、呆れているようだ。

自分で言っていて、バカだというのはわかる。

「大聖堂に忍び込んで全員脱獄させるよりは、遥かに現実的だろ」

「くくっ、確かにそれは言えてるよ――アハハハハハ」

フルートは、こらえきれなくなったかのように笑い出した。

「でも、なんで悪魔族のために、そこまでしてくれるんだい？　賄賂だとか、奴隷になった皆を買うだとか、金貨十枚じゃ済まないだろ？」

「理由っていわれてもなぁ……たとえば、フルートがここにずっといて、殺されそうになるのは面倒だし。かといって、フルートを閉じ込めたりして行動を制限するのも、寝覚めが悪いし……」

「マスターは、女の子が大好きだからデス」

いつの間にか現れたシーナ三号が、とんでもないことを言い出した。

「マスターは、可愛い女の子が困っていたら、放っておけない性格なのデス。だから、後輩がいくらマスターの行動理念について勘ぐっても無駄なのデス」

「お前なぁ……いくらなんでもその言い方は」

「そうか。そうだよな、私って可愛いもんな。うん、それは仕方がない」

今度はフルートがとんでもないことを言い出した。

そりゃ、平均的な女性と比べたら、可愛いことは間違いないが。

「なら――」

フルートはそう言うと、俺の前に立って顔をじっと見詰め、突然頬にキスをしてきた。

「お礼の前金ってことで、これでいいか？　……その、私の初めてにそこまで価値があるかはわからないが」

「……あぁ、十分だ」

本当に恥ずかしそうに——自分からキスをするなど初めてのフルートに対し、俺はそう言うのがやっとだった。

女の子のキスを避けるには、速度がいくらあっても足りない。

相手が可愛い女の子ならば、なおさらだ。

しかし、これで「悪魔族をできれば助ける」ではなく、「悪魔族をできる限り助ける」になってしまったな。


鈴木の家に戻った。

ちょうど鈴木が帰っていたので、身代わり人形を渡しておく。

被害者の私物が盗まれているかどうかは、鈴木が衛兵たちと一緒に調べてくれることになり、キャロは早速、同人誌が裏で取り引きされている場所がないか調べにいった。

「私たちはどうしましょう?」

「そうだな、とりあえず……町をぶらつくか」

いまのところ、町ですれ違う人の職業を調べて、呪術師を探すくらいしかすることがない。

「はい、喜んでお供します」

ハルが尻尾を振って嬉しそうにしているけれど、別にデートっていうわけじゃないからな。

商店が建ち並ぶ道を進むが、ほとんどの店は閉店状態だった。

通常なら銅貨一枚で売られているような小麦粉の袋が、銅貨十枚くらいで売られている露店があった。店主の職業は商人ではなく、見習い剣士だった。

食料品の値上がりは止まらないようだ。

しかし、客はあまり多くない。

いや、客というより、人通りそのものが少ない。

「すでに狂乱化の呪いについて、ある程度の情報が広まっているようですからね。余計なトラブルに巻き込まれたくない人が多いのでしょう」

「だな……ん？」

さっきの小麦粉を売っていた店の前で、なにやら交渉している男がひとりいた。

俺より少し年上のようだった。職業は――【料理人：ＬＶ１６】か。

どこかで見たような顔だが……あれはいったい？

どうやら交渉は上手くいっていないらしく、怒鳴り声がここまで聞こえてきた。

このままでは、殴り合いになりそうだ。

「――ご主人様」

「さすがに止めるか」

俺はそう言うと、振りかぶって殴ろうとする男に急接近し、その腕を掴んだ。

「やめておけ」

「殴らせてくれ！　こいつは人間のクズだ！」

「なにがクズだ！　俺は、安く買って高く売っているだけだ！」

「それが問題なんだ！　お前、町が封鎖されるのを知って、この店にある小麦粉の半分以上を買い占めたんだろうが！　お陰で、市場に出回る小麦粉が減っているんだ」

なるほど。転売ヤーと、その被害者の言い争いってわけか。

どこの世界でもある問題だ。

「それでも、殴れば犯罪だ。犯罪職堕ちでもしたら、家族が悲しむぞ」

「俺には悲しむような妻も子供もいねぇよ……ん？　あんたは……」

男の力が緩み、悔しそうな表情を浮かべた。

「すみません……また迷惑をかけました」

男はそう言って、俺に丁寧な口調で謝った。

また？

「どこかで会ったか？」

「覚えていないですか？　昨日――」

「おい、そんなところで話すな！　商売の邪魔だ」

小麦粉の転売ヤーは俺たちにそう言った。

これ以上ここにいたら、また喧嘩に発展しそうなので、俺たちは少し離れた場所に移動する。

その間に、この男とどこで会ったのか思い出そうとした。

昨日は本当にいろいろとあったからな。フルートと出会ったりタルウィと戦ったり。

俺を馬車に乗せた御者でもなさそうだし。

「あぁ、まだ思い出せませんか？　ディスペルっていうんでしたっけ？　あれをかけてもらった――」

「あっ！　『年齢＝彼女いない歴』の！」

「ええ、そうです。が、その覚え方はやめてください」

男はバツの悪そうな顔をして、そう言った。


俺は男の店に案内された。

「私はフレットといいまして、この町でパン屋を営んでおります」

営んでいると言ったけれど、パン屋の商品棚は空っぽで、休業状態だ。

「お恥ずかしい、見ての通りの状態でして。長い間、店を留守にしていたので昨日から掃除で手一杯で。普段より一時間遅く小麦粉を買いにいったら、すでに売り切れだったのです。国王軍に町を包囲されたと知ったあの男が、今朝早く大量に買い占めてしまったのが原因だとわかったのは、ついさっきのことです。これでは、パンを焼くこともできません」

パンを焼けない……か。

米も品薄なので、グルテンフリーのパンを作ればいいと提案することもできない。そんな、パンがなければお菓子を食べればいい、みたいなことは言えない。

「もう、踏んだり蹴ったりですよ」

「あぁ……その……元気を出してください。そうだ、小麦粉なら少し持っていますから、お分けしますよ」

俺はそう言って、マイワールドで作った小麦粉が入っている麻袋を取り出した。

とりあえず、百キロほどでいいか。

「こんなにっ⁉」

「はい――商売人には少し足りないかもしれませんが」

製粉前の小麦ならトン単位であるのだが、ほとんど製粉していない。

マイワールドには風車も水車もないので、製粉作業は人力で行われているからだ。

そうだ。風車は風が吹かないので無理だが、川があるので水車でなら製粉できるかもしれない。

今度ピオニアに提案してみるか。

「いえ、十分です。これだけあれば町の皆に、パンを振る舞うことができます――しかし、これは――」

フレットは麻袋の中の小麦粉を計量スプーンで掬い、小皿に移してそれを舐めた。

小麦粉を生で食べても消化しにくいし、食中毒の心配もあるから、やめたほうがいいと思う。

「やはり。こんな高品質な小麦粉、見たことがない」

「舐めただけでわかるのですか？」

「はい。パン屋ですから。匂いでもわかっていたのですが、我慢できませんでした……あぁ、もう一口舐めたい」

男はそう言って、もう一度小麦粉を掬って舐めた。

……自分で取り出しておいてなんだが、本当に小麦粉だよな？　生の小麦粉を食べて食中毒になることはあっても、中毒性はないと思うんだが。

しかし、パン作りか。

俺にとって、パンは作るものではなく、買って食べるものだったからな。

一度、パン作りを経験してみたい。

「フレットさん。パン作りのお手伝いをしたいのですが、よろしいでしょうか？　ハルもいいよな？」

「はい。誠心誠意、お手伝いさせていただきます」

「勿論です……あぁ、でも清潔な作業着が……」

「大丈夫ですよ――浄化(クリーン)っ！　これで完全除菌、清潔な状態ですから」

熱湯消毒、アルコール消毒と、いろいろな消毒方法はあるが、浄化(クリーン)に勝る消毒方法はない。洗身、洗髪、洗濯、手洗い、うがい、歯磨き、耳掃除に鼻掃除。なんでもこの魔法で、一発クリアだからな。整髪やムダ毛の処理以外は。

「おぉっ！　生活魔法ですか、羨ましい。私もその魔法が使えたら、毎日支払う洗濯代が節約できるんですが」

毎日払う洗濯代……この世界には、クリーニング屋があるのだろうか？

そんなことを思いながら、ハルにも浄化（クリーン）の魔法をかけた。

いちおう、第二職業をアウトドアシェフにしておき、三人でパン作りをした。

詳しい手順は省略するが、料理人は発酵という菌の力を強めるスキルを覚えるらしく、この発酵スキルがあれば、パン作りがかなり楽になる。

日本だと一時間以上かかる工程が、半分以上短縮できた。

窯に入れて焼いている間、俺たちは男に本題を尋ねた。

「盗まれた私物ですか？　取り調べのときにも聞かれましたが、特にないですね」

結果は空振りだった。

取り調べのときにも聞かれたということなので、この町の衛兵たちも、盗まれた私物が呪術の触媒になっていることを疑っていたのだろう。

アウトドアシェフのレベルもやっぱり上がらなかった。設備の整った室内での調理だからな。

ただ、焼き上がったパンは硬かったが、とても美味しかった。

しかも、できたパンの三分の一を、小麦粉のお礼としてもらった。

アイテムバッグに入れておけば、いつでも焼き立てのパンが食べられるな。

俺はそのお礼に、残った小麦粉に防腐のスキルを使っておき、洗濯前の作業着に浄化（クリーン）の魔法をかけてあげた。

俺が店を出た直後、若い男とすれ違った。匂いを嗅ぎつけた客かな？　と思って聞き耳を立てて

みたが、

『フレットさん、帰ってきたんですね。今日は、なにか洗濯するものはありますか？』

『今日はなにもないんです。また今度頼みます』

どうやらクリーニング屋だったらしい。

仕事の邪魔をしてしまったな、と心の中で謝罪した。

「ご主人様――あの焼き立てのパン、美味しかったですね」

「そうだな……今度俺もパンを作ってみるよ」

「はい。ご主人様の料理はどれも美味しいので、とても楽しみにしています」

ハルはそう言って、尻尾を振ったのだった。

農家のレベルを上げて、料理人に転職できるようにしないとな。


そのあと衛兵から連絡を受け、新たに発見された狂乱化の呪いにかかった人間をディスペルで治療してから、キャロに鈴木の家に戻っておくことを眷属伝令で伝えて家に戻った。

「お帰り、楠君」

「ただいま……どうしたんだ？　その服は？」

俺を出迎えた鈴木が着ていたのは、ブレザーの学生服だった。

俺の日本の地元でもたまに見かけた、エリート高等学校の制服だ。

「いや、道で小麦粉を売っている店の人と客との間で喧嘩が起こっていてね。その仲裁をしたのはいいんだけれど、小麦粉の袋が破れて全員粉塗れになっちゃって。ほかの服も汚れていたから、これに着替えたんだよ……冒険者をやっていると、どうしても洗濯物がたまってね。ラナさんに頼んで、まとめて洗濯をしてもらおうかな」

「鈴木って案外ずぼらなんだな。それなら――」

俺が浄化(クリーン)をかけてやろうか？　と言おうと思ったが、パン屋での出来事を思い出し、俺は口を噤んだ。

「どうしたんだい？」

「……クリーニング屋にでも頼んだらどうだ？　ラナさんも忙しいだろ？」

俺はそう提案していた。

「そうだね。たまにはそれもいいかな……あぁ、でもこんなときに洗濯屋は開いているかな」

「パン屋に行ったときに洗濯物を回収に来ている人がいたから、やっているんじゃないか？」

俺がそう言った、そのときだった。

ハルが玄関の戸のほうを見た。

「どうした？」

「……誰かがこちらに近付いてきます」

ハルがそう言った。

「スズキ卿！　スズキ卿はご在宅ですか？」

ちょうど俺たちは玄関にいて、まだ靴も脱いでいなかったので、すぐに戸を開けることができた。

そこにいたのは、この町の衛兵だった。

「どうしたんですか？」

「スズキ卿！　町で狂乱化の呪いが発動したようで、狂戦士と化した市民が暴れています！」

「「どっちだっ⁉」」

俺と鈴木は同時に声を上げた。


俺は衛兵が言った場所に、鈴木とハルと一緒に向かう。

そこは悲惨な光景が広がっていた。

倒れている人間が複数いる。衛兵を含め、多くの人はまだ息があるようだが、例外がひとりいた。

気配を感じないし、職業鑑定もできない。おそらく、もう死んでいるだろう。

そしてそいつは、着ている服こそさっきと違っているが、小麦粉を転売していた男だった。

この事件を起こしたのは、衛兵五人に囲まれている男だ。

【狂戦士：ＬＶ９】

どうやら、転売ヤーの男を殺してレベルが上がったのだろう。

衛兵五人に囲まれているというのに、狂戦士と化した男のほうが有利そうだ。ほかの衛兵から奪い取ったと思われる剣を振り回した――あれは回転斬りか。

ってことは、あいつはもともと見習い剣士かなにかなのか。

混乱状態でも、スキルは使えるらしい。

思わぬ反撃に、何人かの衛兵が傷付いた。

当然だ。衛兵たちの職業はほとんど見習い剣士で、その平均レベルは15。一番強い者で【剣士：LV18】。しかし、狂戦士はレベル1の段階でレベル20の剣士と同様の強さがあり、さらにレベルが上がっていることで、ますます手に負えなくなっている。

「隊長さん、ここは僕たちにっ！」

「スズキ卿！　来てくださったのですか」

「いいから離れてください」

鈴木が衛兵たちを撤退させようとするが、倒れている仲間を放っておけないらしい。

「ハル！　倒れている人と怪我人を、一カ所に集めて守ってくれっ！」

俺はそう言うと、刀を抜こうかと思ったが、刀だと相手に重傷を負わせかねない。それなら——と俺は練習用の木刀を取り出して、相手に飛びかかった。

「奴が持っているのは鉄の剣だぞ！　無茶だっ！」

無事な衛兵のうちの誰かが叫んだ。

その言葉と同時に、俺の木刀と狂戦士の剣が交差した。


その結果、俺の木刀と相手の鉄の剣が砕ける。

「思ったより使いにくいスキルだな」

俺が発動させたスキルは、【フェイクアタック——破壊】。

フルートのスキルをコピーしたのだが、劣化版ということで、自分の武器にもダメージを与えてしまうようだ。

そうでなくては、木刀が粉々になるわけがない。

あとは相手を気絶させたらいいんだな。

ならば、ピコピコハンマーで——

「……楠君、ディスペルを使ってくれ！」

鈴木が叫んだ。

「ディスペル？　それって無駄なんだろ」

ディスペルは呪いが発動する前なら解呪できる。しかし、呪いが発動してしまったら使っても意味がない。一時的に混乱状態は解除されるが、狂乱化の呪いが再度発動し、混乱状態に戻る。そう教えてくれたのは、鈴木自身だったはずだ。

「僕に考えがある」

「……わかった」

俺は、鈴木の考えに乗ることにした。

「ディスペル！」

と魔法を唱えた。魔法の淡い光が男を包み込んだ——そのときだった。

鈴木が男に馬乗りになる。

「光の加護！」

鈴木から光が放たれ、倒れている男に当たる。

「鈴木、いまのスキルは？」

「一定時間、状態異常にかかるのを防ぐことができるスキルだよ。治すことはできないけど……ほら、前に説明したでしょ？」

前に説明？　そんなスキルを覚えたなんて聞いたことが……あぁ、一緒にカップ麺を食べたときに聞いたことがあった。

あのとき、一定時間毒を無効化できるスキルだって教えてもらった。

毒だけじゃなく、状態異常まで防ぐことができるのか。

「そんな裏ワザがあるなら、前に使ってくれてもよかっただろ」

「ごめん、このスキルは一日に一回しか使えないんだ……それで、あの日は朝ごはんにパンが食べたくて……」

使ったあとだったというわけか。

「お、俺はいったい」

「気が付いたようだな」

男の目に光が宿った。

鈴木が男に尋ねる。

「なにがあったか覚えていませんか？」

「……ええと、小麦粉を高値で売っている奴と口論になって――そうだ、そこにいる騎士様が仲裁に入ってくださったんですが、小麦粉の麻袋が破れて粉塗れになって……そのあとの記憶がどうも曖昧で……」

「うん、それは僕も覚えているよ」

鈴木を見ると、彼は頷いて言った。

「記憶を失う前、誰かの言葉を聞かなかったか？」

「そういえばなにか聞こえたような……せかいの……そう！　世界の救済、そう聞こえた」

「誰だっ！　誰がそれを言ったんだ！」

誰かが呪いを発動させるために言ったんだとすれば、そいつが犯人だ。

間違いない。

「かなり近くから聞こえたのに籠もった声で——でも、あの場には私とあの男——小麦粉を売っていたあの男しかいなかったはずですから、きっとその男だと……」

「その男というのは、彼のことですか？」

鈴木が指さした方向には、小麦粉を転売していた男の死体が横たわっていた。

「ひっ⁉」

彼は、自分がしたことを覚えていないのだろう。

そして、その視線は男の首に向かった。

手形が残るほどに強く握り潰された、その首に。

彼はその手形の痕と自分の手を見比べて——

「俺は……俺はなにを……」

「あなたはなにも悪くないです。自分を責めないでください」

自分を責めるな……と言われても、それは難しい。

俺も人を殺した経験があり、あのときのことはいまでも忘れられない。

いくら混乱状態で記憶がなかったとしても、人を殺したという事実は、彼に大きなトラウマを刻むことだろう。

男は自分の手を見詰め、震え出した。

まともな話は、もう聞けそうにない。

「誰か、彼を安全な場所に。僕の光の加護の効果はあと五十分以上続くけれど、効果が切れたら狂乱化が再発動する恐れがあるから、頑丈な手枷を忘れないで。司法機関とかけ合って、急いで職業を変えさせてください」

犯罪職からは、普通の転職では職業を変えることはできない。

裁判所のような場所で手続きをすることによって贖罪者に転職し、そのレベルを上げることでようやく平民に戻ることができる。

贖罪者からのレベルアップがどれだけ大変なのかはわからないが、彼が普通の生活に戻れるのはしばらく先になるだろう。

それだけ、この世界において職業の力は大きい。

「……はぁ……悪いことをしたかな」

鈴木がため息をついて、自分の額に手を当てた。

「悪いことって？」

「彼に死体を直接見せたことだよ」

「仕方がないだろ。状況が状況だ」

俺はハルのところに向かった。

重傷者も含め、怪我人は十人くらいか。

「ご主人様、見事な手際でした」

「ハルこそ、お疲れ様」

俺はハルの頭を撫でた。ハルが嬉しそうに尻尾を振る。

さて、これからもう一仕事だ。

「スズキ卿！　怪我人の搬送は我々が――」

「いや、時間がない」

怪我人を搬送しようとする衛兵に対し、俺はそう言って一番傷の深い人を見た。

剣で腹を切られていて、すでに意識を失っている。

そのまま回復させようかとも思ったが、ばい菌が傷口に入ったまま回復魔法で塞ぐと危険だな。

「浄化（クリーン）」

生活魔法で傷口を綺麗にする。

「メガヒール」

そのあと傷口を塞いだ。

男の顔色が少しマシになったように思えるが、失われた血は戻らない。

同じように、剣で切られた人間は、浄化(クリーン)とメガヒールのコンボで治療する。

そして、残った人――切り傷はないが打撲や骨折など肉体的なダメージを受けている人は一カ所に集まってもらい、クールタイムを考慮しながら、回復魔法で治療していった。

「さすがは、ディスペルをお使いになる法術師様だ」

「え？　剣士様じゃないのか？　さっきの剣術は見事だったろ？」

「浄化(クリーン)を使っているから、洗濯屋だと思っていた」

衛兵たちが、俺の職業の予想を始めた。

答えは無職なんだが、正解者は一生現れないだろうな。

まだ意識が戻らない人、血を流しすぎて立ち上がることが困難な人は近くの病院に搬送され、残りの一般人は衛兵とともに詰め所に向かった。

これから、事情聴取が行われるそうだ。

怪我人の搬送に人数が足りないそうなので、俺と鈴木で手伝おうと申し出たのだが、貴族様に怪我人の搬送などさせられないと断られ、結局ハルだけが搬送の手伝いをすることになった。

そして、あとから駆け付けた衛兵によって、小麦粉売りの男の遺体も運ばれていった。

「ねぇ、楠君。あの男の人が呪術師だと思うかい？」

「思わないな。あの男は見習い剣士だ。呪術師とは正反対の職業だろ」

「え？　いつの間に職業を調べたの？」

「あ、いや――」

職業鑑定で見たなんて言うわけにはいかない。

マイワールドは見せてしまったけれど、女神様の命令で、無職スキルについては極力誤魔化さないといけない。

「ほら、腰に剣を差しているし。でも、一流の剣士ならこんな非常時に転売をするような真似はしないから、見習い剣士だろうなって予想したのさ。呪術師じゃなさそうだろ？」

「うん、まぁそうだよね。自分で呪いを発動させた相手に殺されるって、いくらなんでも間抜けすぎるよ。それに籠もった声だって言っていた。目の前で口論している相手から、籠もった声が聞こえるとは思えない。でも、それなら誰がどうやって呪術を発動させたんだろ？　気付かれずに近付いて呪いを発動させることなんてできるのかな？」

「それなんだよな……透明人間になって近付いたとか？　光魔法を使って光を屈折させる光学迷彩くらい、異世界なんだしできそうな気もするけれど」

「もしくは認識阻害かも。そこにいるのに、いると思われない……とか？」

透明人間に影の薄い人間か。

どっちも現実的じゃないなぁ……と思ったが、俺はあることを思い出した。

悪魔族は魔法を使って、自分の角や翼を隠しているって、フルートから教えてもらった。

その魔法を使えば、角や翼だけじゃなく、体を全部消すことができるんじゃないか？

もしかして、犯人は悪魔族なんじゃないか？

鈴木に言おうとして、俺は口を噤んだ。

もしも、それを言ったらどうなる？

これまで以上の悪魔狩りが始まってしまう。

犯人が魔法で姿を消していたって証拠は、どこにもないんだ。

それに、悪魔族が犯人なら、同族であるフルートに呪いをかけたことになる。

きっと俺の想像は間違っている。


そのあと俺たちは家に戻り、食事を取った。

キャロが帰ってきたが、情報集めは難航しているらしい。やはり、いまの町は外を囲む国王軍の話題で持ちきりになっていて、ほかの情報が回ってこないんだそうだ。

ただ、キッコリから有力な情報が掴めるかもしれないということで、明日もう一度会いにいってみるそうだ。

そして、その日の夜――鈴木が部屋に押しかけてきた。

「お前な。いくら自分の家だからって、ノックくらいしろよ」

ちょうど、俺がキャロの耳掃除をしていたところだったのでよかった。

これなら、見た目だけは親娘のスキンシップに見える。

俺たち三人の口腔ケア、俺個人の鼻腔ケアは浄化（クリーン）で済ませるが、耳のケアは三人の総意のうえ、キャロとハルの耳掃除は俺が行い、俺の耳掃除はハルとキャロが交代で行うことになっている。

「ごめん——でも緊急事態なんだ」

「どうなさったのですか？」

キャロが起き上がって尋ねた。

「これを見て」

鈴木が見せたのは、粉々に砕けたなにか。

破片ひとつひとつでは、それがなんだったのか判別はできないが、その色や材質。なにより、鈴木がわざわざ持ってきたということから、それがなにか想像はつく。

「これって……お前、まさか——」

「身代わり人形が発動したんだ。どうやら呪術師は、僕のことも呪いにかけようとしたみたいだよ……どうやったのかは、まったくわからないけれど」

鈴木自身、身代わり人形が砕けるまで、特に変わったことはなかったそうだ。

いったい、犯人はどこで、どうやって呪いをかけているんだ？

第二話　狂い乱れる魔法都市

鈴木に呪いがかけられた。身代わり人形のお陰で大事には至らずに済んだ。

身代わり人形により呪いが防がれたことは呪術者にもわからないし、呪いには代償が必要だという。同じ相手に二度、三度と呪いをかけることは、まずないだろう。

それでもいちおう、鈴木にディスペルをかけておいた。

鈴木はため息をつく。

「こんなときに毛利さんがいたらなぁ」

「毛利さん？　日本人の転移者か？」

「そう。毛利モトナリさん」

鈴木が思わぬ名を告げた。

「毛利元就って、あの三本の矢のっ⁉」

戦国武将じゃないかっ！　生きていたら、五百歳を超えているんじゃないか？

いや、でもミリって前世では何百年も魔王をやっていたんだし、歴史上の人物がいてもおかしくないか。

あれ？　でも転移者って若い人間が選ばれるって、テト様が言っていたよな？

毛利元就が何歳で死んだかなんて覚えていないけれど、三本の矢を教えたときに成長していた息子が三人もいるくらいだし、十代や二十代ではなかったはずだ。

「いや、モトナリっていうのはこっちの名前と日本でのあだ名みたいなもので、本名は毛利素也(モトヤ)さん。普通に五十歳くらいのおじさんで、こっちの世界に来たのは三十年以上前だって言ってたよ」

　鈴木に漢字を説明されて、俺は納得した。確かに素也って、モトナリとも読めるもんな。

「その毛利さんって凄い人なのか？」

「なんか、素也さんがこっちの世界に転移するときは、有名人の探検隊のテレビ番組が流行っていた時期らしくて、天恵として探索者という職業に就いたらしいんだよ」

　探検隊のテレビ番組って、ジャングルの秘境で幻の生物を発見？　とか、そういうノリのテレビ番組だったっけ？　確か、俺が子供の頃にも二代目隊長で放送をしていた気がする。

　幻の生物を発見どころか、海で大怪獣に襲われたり、森の奥で巨大な光る木とそれを守る一族に遭遇したり、砂漠で幻の地下空間を発見したり、山で幻のドラゴンと死闘を繰り広げたり――俺がやっていることのほうが、探検隊なのではないかと思えてくる。

　そういえば、あの砂漠の遺跡ってどうなったんだろ？　魔法で大量の水を流し込んで、いまはオアシスの底に沈んでしまっているはずだけど。

「探索者って、どんなスキルがあるんだ？」

「面白いスキルがいっぱいあるよ。たとえば迷宮地図っていうスキルは、初めて行く迷宮でも、その構造が丸わかりになるんだ。幻影の壁の隠し部屋とか、罠の場所とか、敵の場所とか」

「そりゃ便利だ。俺なんて迷宮攻略は、ハルの嗅覚頼りなところがあるからな。でも、今回の事件にどう役立つんだ？」

「探索者のスキルには、珍しいアイテムが近くにあればわかるっていうお宝探知ってものもあってね。犯人がもしも職奪の宝石を代価に呪術を発動させているのなら、そのスキルを使って、探し出すことができるかもしれないって思ったんだよ」

職奪の宝石のある場所がわかる職業。

職奪の宝石は、狂乱化の呪いの代償を肩代わりできると言われている。

確かに、探索者のスキルでその宝石のありかがわかれば、呪術師の居場所を探るのもたやすいだろう。


その日の夜、いざというときの連絡のために、ハルに鈴木の家での留守番を頼んだ俺は、マイワールドでキャロに事情を説明し、宣言した。

「また職業安定所スキルを使おうと思う」

勿論、俺の狙いは一日限定で探索者になることだ。

「そう都合よく、狙った職業が出るでしょうか？」

「いや、これまでも狙った職業ではないが、俺にとって必要な職業は出てきたんだ」

コピーキャットのスキルがなかったら、俺は海賊のところに転移できず、ニックプラン公国でダークエルフたちを助けることができなかった。

魔法捜査研究所員の職業がなければ、狂乱化の呪いに気付くことができなかった。

勿論、これまでハズレ職業も数多くあった。

だが、俺がこの世界にやってきたこと、無職スキルを手にしたこと。これが世界の破滅を救う運命によるものであり、今回の事件が、その世界の破滅と関係しているのだとするなら、きっとご都合主義的な職業に転職できるだろう。

もしも探索者に転職できたとすれば、あとはマイワールドで養殖ジュエルタートルを倒して、一気にレベルを上げればいいだけの話だ。

欠点として、職業安定所スキルを使ったら一日間、ほかの職業のレベルが上がらなくなるのだが、どのみち迷宮が封鎖されているいま、魔物を倒してレベルアップする手段は限られているので、問題はない。

とりあえず、幸運だけは上げておこう。

第二職業と第三職業を、遊び人と狩人に変更した。

そして——

「職業安定所！」

スキルを発動させた。

転職可能な職業一覧が表示される。


転職する職業を選んでください。

(選択しない場合、五分後に自動で選択されます)

悪代官：LV1
子供社長：LV1
司書：LV1
邪狂戦士：LV1
ひよこ鑑別師：LV1

俺は落胆しながら、キャロに転職できる職業を説明した。

「八割、変な職業だったよ。当たりはない」

「イチノ様、どうでしたか?」

というか、本当に、まともな職業が司書しかない。

悪代官って、犯罪職なのだろうか? この前、「あーれー」をしたせいか?

子供社長って、二十歳の俺が転職できるものなのか? ていうか、この世界に会社というシステムがあるのだろうか?

邪狂戦士って、俺は絶対に転職したらダメなやつだろ。こんなところで混乱状態になったら、この町の中心にブースト太古の浄化炎(エンシエントノヴァ)を打ち込んで、一時間で焦土にしてしまう。なにより、目の前のキャロを殺してしまいかねない。

ひよこ鑑別師って、これこそどうしろっていうんだ？　ひよこ鑑定士じゃないのか？

そもそも、ひよこの雄雌を区別する以外に、できることがあるのか？

「ハハハ……」

俺の職業のラインナップを聞いて、キャロは乾いた笑い声を出した。

「ですが、ひよこ鑑別師は、少しいい職業ですね」

「そうなのか？」

ひよこ鑑別師だぞ？

狭い部屋で箱いっぱいのひよこを掴み、その肛門を見て雄雌を区別する仕事だろ？

「はい。養鶏が盛んな地域では、ひよこ鑑別師は豪邸に住めるっていわれています。転職条件が解明されていないユニーク職業ですから、なり手が非常に少ないのです」

「マジかっ⁉」

ひよこなんて、成長したら雄なのか雌なのか区別がつくようになるから、雛のうちはまとめて育てればいいだけの話じゃないのか？　と思ったが、なんでも子供のうちから雄雌を目的別で育てることにより、卵を生みやすい雌鶏、良質な肉の雄鶏に育つんだそうだ。

スキルがなくても雄雌の区別をつける術はあるのだが、速度が大きく異なり、さらには卵が普通の卵か双子の卵か、有精卵か無精卵かまで鑑定できるようになるという。

そこまでくると、ひよこ鑑別師の域を超えて卵鑑別師だろ――と思えてくる。

「マイワールドでも真っ黒な鶏を育てているから、いっそひよこ鑑別師にでも転職するか……旅が終わったら、ひよこの鑑別をして豪邸を建てるのも悪くないな」

「……ご主人様、司書になられてはいかがでしょう？」

「司書？」

司書って、図書館の本を管理する仕事だよな？

まともな職業ではあるが、逆に言えば面白みのない職業でもある。

「普通の職業みたいだけど、珍しいのか？」

「はい、とても珍しいです。転職条件は試験を受ければいいだけですが、その難易度も高いですし、なにより需要がありませんから」

司書って、日本だと図書館には必ずいるイメージだけど……ああ、そうか。そもそも異世界に、図書館っていうのはほとんどないのか。本屋もあるし、奴隷だったキャロが子供の頃から読んでいたくらいだから、本はかなり貴重ということはないけれど、それでも無料で誰でも借りられるようなものではない。そのため、司書が働ける場所は、それこそ貴族が住む貴族街にあるかもしれない図書館だとか、どこかの議会場の議事録を管理する保管所みたいな場所に限られるのだろう。当然、司書の需要も低くなる。

でも、需要が低いとわかっていて、なぜキャロはこんな職業を勧めるのか？

「どういうスキルが使えるんだ？」

「基本は本の管理ですね。レベルを上げれば本の修復や複写なども可能ですし、本を鑑定することで大まかなあらすじもわかります」

ますますわからん。

俺に役立つとは思えない。

「そして、最初に覚えるスキルは書物検索。スキル使用者の範囲内にある書物の場所を調べることができます。最初は本のタイトルでの検索しかできませんが、スキルアップすれば、作者別にその本の位置を把握できます」

「それは、散らかった部屋で目的の本を探すには便利だが――ん？　いや、もしかしてそれって――」

「はい。ミルキーさんが描いた本の場所を調べることも可能です」

よし。それだけ聞けば、迷っている暇はない。

五分経過して自動的に職業が選択され、邪狂戦士になったら大変だしな。

【第一職業を司書に設定しました】

よし、これで二十四時間、俺の第一職業は司書だ。

漫画しか読んでこなかった俺が、まさか司書になるなんて、日本にいた頃は夢にも思わなかった――それをいったら、異世界に転移していることのほうが、もっと非現実的だけれど。

「よし、あとはレベルを上げるだけだな。司書って、本を読めばレベルが上がるのか？」

「司書のような特別な職業のレベル上げの方法は、キャロも知らないですね」

いくらキャロが物知りでも、そこまではわからないか。

むしろ、司書が覚えるスキルを知っているだけでも、凄いくらいだ。

俺とキャロは一度、鈴木の家に戻った。

ハルが椅子から下りて俺の前で両膝を突き、三つ指を立てて出迎える。

「ご主人様、お帰りなさいませ」

どうやら、ラナさんから主人の出迎え方を教わったらしい。

「あぁ、ただいま。明日の朝にでもジュエルタートルを倒してレベルを上げるから、ハルも手伝ってくれ」

「はい、畏まりました」

迷宮には出入りできそうにないからな。


「楠君。さっき衛兵から話を聞いたんだけど、中級者向けの迷宮でレアモンスターの発生に続いて、今度は魔物が大量発生しているそうなんだ。冒険者に間引きを依頼しているんだけど、上手くいっていないらしい。このままだと迷宮外にあふれる危険があるけれど、衛兵も町の状態が状態だけに迷宮まで人員が割けないらしく、僕が明日から魔物を間引きにいくことになったんだよ。楠君も明日、手伝ってくれないかな？」

不謹慎な話かもしれないが、これは運がいい。

職業を幸運特化にした効果があったのだろうか？

「勿論、手伝う。ハルも一緒に行くぞ。キャロは緊急時に連絡が取れるように、鈴木の家で待機を頼む。ついでに、これを持っていてくれ」

「これは——拡声札ですか？」

キャロが札を受け取り、尋ねた。

「あ、間違えた——こっちだった」

「通話札ですね。畏まりました、緊急の用事がありましたら、連絡いたします」

俺はあらかじめ作りだめしておいた通話札の片割れをキャロに渡した。

「中級者向けの迷宮に向かう。毒を使う魔物も出るから気を付けてね」

鈴木が俺に解毒ポーションを渡してそう言った。

俺はキュアが使えるので必要ないと思うが、万が一のことがあったら困るらしい。

「魔物の毒のなかには、魔法が使えなくなる毒っていうのもあるからね。でも、解毒ポーションは魔法とは違って、効果が出るまで三分くらい時間を必要とするから、毒を喰らわないことを優先してね」

三分か。そこはゲームとは違うんだな。


翌朝、俺とハル、鈴木の三人で、中級者向けの迷宮に入っていった。

「そういえば、レアモンスターが発生して、犠牲者が出たって言っていたな」

中級者向けの迷宮でレアモンスターが発生して犠牲者が出たといえば、フロアランスでのフィッシュリザード大量発生の事件を思い出す。

あのとき、ひとりの冒険者が巨大トカゲに呑み込まれて命を失った。

「うん。まぁ、レアモンスターとは関係なく、中級者向けの迷宮では年間十人、初級者向けの迷宮でも年間三十人くらいの人が亡くなっているそうだけどね。そこはやっぱり迷宮だってことかな」

鈴木が、まるで「戦争があったら人間が死ぬのは仕方のないことだ」みたいな感じで言った。

初級者向けの迷宮のほうが死者が多いのは意外に思ったが、すぐに考えを改めた。

初級者向け迷宮の恐ろしさは、俺にもわかる。

山賊に殺されかけたのは例外としても、一階層でコボルトにも殺されかけたくらいだ。あのときは剣が抜けなくて、本当に大変だった。むしろ、そういうドジをするような迂闊な人間は、中級者向けの迷宮に行く前に命を失うのだろう。

俺たちと鈴木は、そこから別行動を取った。

ハルが、魔物の臭いを頼りに道案内してくれた。

途端に、小さな蠍（さそり）の群れが現れる。

明らかに毒を持っていそうな紫色だ。

「毒のある魔物は少ないって話だろ」

「ご主人様、パープルスコーピオンは警戒色ですが、毒はありません。ただ、臭い液体を出します」

臭い液体って、ある意味毒より嫌だな。

剣で切って臭いが飛び散るのは嫌だ。

「これだけ小さいと、剣で当てるのは面倒だな。魔法で一掃するぞ」

俺はそう言うと、「ファイヤ、ストーン、ウォーター、ウィンド！」と、なにが弱点かわからないので、とりあえず基本の四属性の魔法を放ってみた。

結果からいえば、弱点なんて調べる必要はなかった。四種類、どの魔法でも直撃すれば一撃死だった。

強いていえば、一番範囲の広い水魔法が有効だった気がする。

「臭いものは洗い流せってことか――メガウォーター！」

大量の水が、もの凄い勢いでパープルスコーピオンたちを洗い流していった。

一気に司書のレベルが上がった。

細かい内容は、迷宮を出てから確認しよう。

「って、しまった。これじゃ臭いまで洗い流してないか？」

「確かに臭いがかなり薄くなってしまいましたね。魔物の臭いを嗅ぎ取るのは難しそうです」

ハルが申し訳なさそうに言った。

「ですが、この先にいた魔物はどのみち、ご主人様の魔法で洗い流されているでしょうから、別の道を進みましょう」

「あぁ、そうだな――ちなみに、あの道の先に人はいなかったよな？」

どうやら昨日今日の範囲では、いまの道は誰も通っていないらしい。

一安心し、俺たちは別の道の探索を始めた。

「しかし、本当に魔物が多いな。お、宝箱だ」

五十を超えたあたりから、魔物の数を数えていない。魔石も半分以上拾っていないが、それでもその数は四十を超えている。

魔物の数に比例して、宝箱の数も多かった。

上級者向けの迷宮と違い、罠もなくミミックもない。中に入っているほとんどが、少し大きな魔石だったり、回復薬だったりした。

宝箱ごと回収して、アイテムバッグの中に入れている。

「――ご主人様。あちらからも人の気配が……どうやら、かなり危険なようです」

危険だと言われても、迷うことはなかった。

ハルが前を走り、俺を誘導する。

冒険者と思われる人間が、虫の糸をぐるぐる巻きにされて、天井から吊るされていた。

まるで、枝から垂れ下がった蛾の繭みたいだ。

中からは人の気配があるし、こんな状態でも職業を鑑定できるので、まだ生きているらしい。

虫型の魔物はいない――どうやら置き去りにしたようだ。

糸を少し触ってみたが、かなり粘着性があり、剣やナイフで直接切るのは面倒そうだな。

スラッシュで切るにも、中にいる人まで傷付けてしまう恐れがある。

破壊を使ったうえで手加減すれば、服や鎧だけのダメージで済むが、あれはクールタイムの都合上、ひとりを助けるのが精一杯か。

凍らせて切るのも、やはり中の人への影響が出そうだ。

「ご主人様、ここは私にお任せください」

ハルはそう言って、守命剣と疾風の刃を構え、地を蹴った。

そして、次の瞬間、彼女の二本の短剣は糸を切り裂いていた。短剣が糸にくっつく暇も与えない、糸だけを切り裂く剣技。

速さと緻密さ、双方を必要とする剣技は、俺には真似できないな。

「ってあれ？　こいつ、チュートゥじゃないか」

チュートゥがここにいるってことは、残りの糸に包まれているのは、もしかして。

「ハル、頼む」

「はい――」

俺の予想通り――三人の職業を見た時点で気付くべきだったのかもしれないが――残りの糸の中には、キッコリとインセプがいた。

キッコリの奴、キャロと会えない用事って、この迷宮の魔物の間引き活動だったのか。

とりあえず外傷は見当たらない。

意識が戻らないのは、毒の影響だろうか？

麻痺なら、アンチパラライの魔法もあるのだが。

「キュアサークル！」

範囲系の低級状態異常回復魔法で治療して、様子を見ることにした。

これで体調が戻ればいいのだが。

「ん……ここは」

魔法の効果があったのか、それとも単純に時間が経過したお陰か、最初にキッコリが目を覚ました。

「気付いたか？」

「………あんたは……そうか、また助けられたのか。ほかのふたりは無事か？」

「ああ、意識は戻っていないが、怪我もないしキッコリと同じ治療もしたので、大丈夫だと思う」

「イチノジョウ、頼む！　ふたりを連れて逃げてくれ！」

「どうしたんだ？　急に」

「蜘蛛の魔物が襲ってくる。あれはきっと、マザースパイダー……いや、クイーンスパイダーだ！」

「クイーンスパイダー？」

「蜘蛛の凶悪な魔物です。本来は、中級者向けの迷宮の、しかも上層に出るような魔物ではありません」

俺が問うと、ハルが答えてくれた。

要するに、強い蜘蛛ってことか？

「そうだ！　野生のクイーンスパイダーは、ときには下級のドラゴンをも捕食するという、凶暴な魔物だ。迷宮で生まれたばかりの奴はそこまでじゃないが、しかし普通の人間が勝てるわけがない。俺は、体力が戻ればあとから逃げられる。ふたりは、チュートゥとインセプを連れて先に逃げてくれ。奴は糸を使って獲物を動けなくしたあと、自分の子供を連れて戻ってくる性質が――」

キッコリがそう言ったときだった。

ハルがなにかに気付いたらしく、剣を構えて通路を見る。

そこから現れたのは、無数の蜘蛛だ。

あれが、蜘蛛の子供？　一匹一匹が、体長五十センチくらいあるのに。

「くっ、もう来やがった」

キッコリの表情が絶望に染まったが、こんなのは絶望どころか、いい経験値に過ぎない。

「竜巻切りっ！」

斜めに、手前に引くように剣を振るうと、剣先から現れた竜巻が子蜘蛛を切り裂いていく。

本当に小さい蜘蛛は雑魚だな。

これなら一匹くらい捕まえて、マイワールドで養蚕ならぬ養蜘蛛で、糸を紡げるようにしても
……いや、この蜘蛛の糸って毒がありそうだし、ダメだな。

全部殺しておこう。

子蜘蛛たちが次々に、ドロップアイテムの魔石へと姿を変えていく。

そして、最後の一匹を倒したそのとき、俺を目がけて太い糸が飛んできた。

「プチファイヤ」

飛んできた糸は、俺に届く前に炎で消し炭になった。

そのままプチファイヤが、糸を飛ばしてきた張本人に当たればラッキー程度に思っていたが、やはり避けられた。

巨大な紫色の蜘蛛はプチファイヤを飛び越え、俺の前方約十メートルのところに着地する。いま、ざっと五十メートルは飛んできたな。

巨大な体のわりに、身のこなしは軽いようだ。

なるほど、下級のドラゴン程度の強さがあるというのは、あながち嘘ではなさそうだ。

俺は自分の刀――白狼牙の柄を握り、前に飛んだ。

クイーンスパイダーも、それに合わせて糸を吐く。

「エンチャントファイヤっ！　一閃っ！」

魔法剣士スキルの付与魔法により、炎を纏った俺の刀が、俺に向かって飛んでくる糸を上下に分断する。

そして、俺の体はまるで砲弾にでもなったかのように、クイーンスパイダー目がけて飛んでいった。

近くまで迫ってきた俺に、蜘蛛は四本の前脚で攻撃を仕かけてくる。

「剣の舞っ！」

ダンサースキルの剣の舞により、俺は四本の脚による攻撃を踊るように躱していき、そのまま四本の脚を切り落とした。

そして、トドメの一撃。

「兜割り」

頭部への強力な一撃は、クイーンスパイダーを巨大な魔石と糸束という、ふたつのドロップアイテムに変えるには十分だった。

【イチノジョウのレベルが上がった】


終わったな。

スキルに関しては、今回も迷宮を出てから確認しよう。

それにしても、辻斬り犯のスキルである瞬殺を使うまでもなかったな。

まぁ、下級のドラゴンとタメを張るような奴が、魔王竜やレヴィアタンを倒した俺に勝てるわけがないってことだ。

「す……すげぇ。強いのはわかっていたが、ここまでとは」

キッコリは腰が抜けたのか、その場に倒れ込んだ。

「ご主人様にとって、この程度は準備運動にもなりません」

いやいや、ハルさん。それは言い過ぎでは？

さすがに準備運動の域は超えていますからね。

正直、蜘蛛の糸が飛んできたときは焦った。

魔法剣士の付与魔法なんて、ほとんど使わないから忘れかけていたよ。

まぁ、忘れていたら忘れていたで、ファイヤを使って糸を燃やしていたと思う。でもそうなったら、そのファイヤが蜘蛛に直撃して、今度こそ魔法で殺してしまっていたかもしれない。

それって、カッコつけて刀を抜いた手前、恥ずかしいからな。

「ん……ここは……はっ⁉　蜘蛛が、蜘蛛がやってくるぞ！　チュートゥ、起きろっ！」

「蜘蛛に食われて死ぬなら、剣士の本望……」

「寝ぼけるなっ！」

「はっ、蜘蛛に襲われて死ぬ夢を見た……」

「夢じゃねぇっ！　まだ死んでないけどっ！」

インセプとチューートゥが、目を覚まして騒ぎ始めた。

「おい、安心しろ。あのバカでかい蜘蛛なら、イチノジョウの兄ちゃんが倒してくれたよ。ほら、あれが魔石だ」

キッコリがふたりに、落ちている魔石を見せた。かなりデカイ。カネーシャの魔石と同じくらいの大きさだ。

「え？　イチノジョウさんっ！　助けてくれたのか——って、あの蜘蛛を倒したのかっ⁉　すげぇっ！　半端ねぇっ！」

「救援、心から感謝する」

チューートゥのほうが冷静な気がするが、目を見ると、まだ寝起きで意識がはっきりしていないだけに見える。

「気にするな。体は動くか？」

「大丈夫っす」

インセプがそう言って立ち上がろうとするが、そのまま尻餅をついた。

まだ体力が回復していないのだろうか？

チュートゥのほうが寝ぼけてはいるが体力の回復は早かったらしく、インセプに肩を貸して立ち上がる。

キッコリも回復したようで、一緒にインセプを支えた。

「悪いな、イチノジョウ。俺たちは一度地上に戻るよ」

「道順はわかるか？　なんなら地上まで護衛するぞ」

「大丈夫だ。あの化け物蜘蛛みたいな例外が出てこない限り、上層の魔物は倒せるさ。俺たち傭兵が、守られてばかりではカッコ悪いだろ」

「そうです、安心してください。俺ももう少ししたら、歩けるようになりますから」

「然り。我が剣技、蜘蛛には通じなかったが錆びついてはおらぬ」

チュートゥは相変わらず、カッコいいようなことを言う。

まぁ、ここに来るまでの敵はだいたい倒してきたから、しばらくは大丈夫だろう。

「そうだ、イチノジョウ。キャロルの嬢ちゃんにあまり変なことを調べさせるなよ。俺も知り合いに聞いているが、場所がわかっても絶対に行かせるなよ」

「あぁ、あの件か。そういえば、キッコリが調べてくれているんだったな。大丈夫、場所さえわかったら、俺がひとりで行くつもりだ」

「ならいいんだ」

キッコリは少し安心したようで、インセプとチュートゥとともに地上に戻っていった。

俺とハルは、ダンジョンの魔物狩りを再開する。

「しかし、中級者向けの迷宮に、このレベルの魔物が出てくるのか。上級者向け迷宮のカネーシャほどじゃなかったけれど、そこそこ強かったぞ？」

「迷宮でも、なんらかの異変が起こっているのかもしれませんね」


本当に、迷宮に異変が起きているのかもしれないな。

現在、迷宮の三階層をくまなく探索している。一度通った部屋でも再び魔物が発生しているので、何度も同じ場所を通ることになる。

これだけ時間をかけて、二階しか階段を下りていない。

「思ったより時間がかかるな」

俺は休憩がてら、朝、ラナさんが用意してくれたおにぎりを食べる。

具材はお任せで頼んでみたが、最初に引き当てたのは鳥マヨネーズだった。鳥肉っぽいが、なんの鳥かはわからない。

ツナマヨネーズのほうがよかったんだが、考えてみれば鮪なんて、内陸のマレイグルリで簡単に手に入るものじゃないだろう。

「こちらはコーンマヨネーズですね」

「マヨネーズって、意外と広まっているんだな」

日本からの転移者が多くいるんだ。

下手をしたら、転移してきた日本人の数だけ、マヨネーズ作りが行われたのかもしれない。俺も具体的な作り方を知っていて、かつ食中毒を気にしなければ自作していただろう。

「魔王城の食卓でも、一部の人は使っていました。卵を使うので貴重品という扱いでしたが。私の母が子供の頃にはすでにあったそうです」

「そうなのか」

ハルの母ちゃんって、何歳くらいなんだろう？

四十歳くらい？　もしかしたら、まだ三十歳代かもしれない――写真とかがあったら見てみたいな。

きっとかなり美人なんだろう。

「ハルの母さんって、まだ生きているんだったよな」

「はい――魔王軍に協力し、それでも死罪を免れた白狼族は、徒党を組むことを危惧され、いまは世界中の国に分かれて幽閉されていて、各国の首脳ですら、誰がどの場所にいるかわからないそうです」

場所を分けて幽閉――ハルのように奴隷として生かされたのは、戦いを知らない子供だけってことか。

悪魔族も似たような扱いを受けたら、助けるのは難儀しそうだ。

下手に誰かを脱獄させたら、ほかの悪魔族への警備と風当たりがきつくなりかねない。

可能ならば、まとめて一度に助け出したいところだ。

「いつかまた、母さんに会えるといいな」

「はい」

俺たちはそう言いながら、おにぎりを食べ終えた。

ハルは干し肉を食後（？）のデザート（？）に食べている。

「しっかし、魔物の間引きメインだと、全然進めないな」

「まだ三階層ですからね。この調子では、今日中にボス部屋にたどり着くのは無理そうです」

「迷宮攻略じゃなく、魔物の間引きの仕事だからな。最初から深い階層に行くつもりはないよ」

そうだ。これまでにレベルアップで覚えたスキルを確認するか。

クイーンスパイダーは、経験値が高かったからな。司書はレベルが上がりやすい職業のようで、なんと58まで上がっている。これなら、ジュエルタートルを倒す必要もなさそうだ。

まぁ、司書って戦闘向きじゃないから、俺みたいに魔物を狩ってレベルを上げる人間なんて、まずいないんだろうな。

迷宮を出てからと思っていたが、休憩ついでにログを再生する。

【イチノジョウのレベルが上がった】

【司書スキル：書物検索を取得した】

【司書スキル：書物鑑定を取得した】

【司書スキル：書物修復を取得した】

【司書スキル：虫干しを取得した】

【司書スキル：書物検索が書物検索Ⅱにスキルアップした】

【司書スキル：書物複写を取得した】
【司書スキル：書物修復が書物修復Ⅱにスキルアップした】
【司書スキル：書物収納を取得した】
【司書スキル：本装備を取得した】
【司書スキル：本の角を取得した】
【司書スキル：魔法書鑑定を取得した】

いろいろと取得しているな。

ほとんどは説明を見なくても、どんなスキルかわかる。

書物検索はⅡまでスキルアップしたことで、キャロの言った通り、一定範囲内の書物を作者別に検索できるようになった。

書物修復は、破れたりインクが滲んだり虫食いになったり黄ばんだりした本を、綺麗な状態に戻せるスキルだ。こちらもスキルアップしたことで、その効果は高くなっている。

虫干しは、本についた小さな虫を殺す効果がある。これって、司書にとってはかなり有効なスキルだよな？　普通、虫干しって太陽に直接当てないといけないから本が傷むんだが、これを使えば、本を傷付けずに虫を殺すことができる。

書物複写は、本を写し取るスキル。コピー機のない世界において、これはかなり重要なんだそうな。ただ、本をコピーするなら贋作作成で事足りるので、遺跡などで見つけた文章を書き取るなど、使いどころが限られそうだ。

書物収納は空間魔法みたいなものらしく、書物を異次元空間に収納するのだそうな。しかも、収納された書物は検索などで調べ、目的の本だけを取り出すことができる。人間図書館の完成だ。とりあえず、俺が持っている本は全部ここに収納しておこう。

そして、意外なスキルが本装備、本の角、魔法書鑑定の三つか。

「本装備っていうスキルを覚えたんだが」

「本をハンマーのように使って戦うスキルですね。分厚い本の一撃は、かなり強力だそうです」

「そんな奴が司書になるなよ――本の角は……本の角で攻撃したとき、その威力を倍増させる……って、そりゃ本の角は痛いけどさ……」

紙で指を切るスキルがないだけ、まだマシか……いや、そのうち出てくるかも。

もしかしたら、司書補って職業が存在して、そんなスキルを覚えるのかもしれない。

「最後は魔法書鑑定か……ハル、魔法書ってあるのか？」

「はい。魔法を放つことができる書物ですね。作れる人が限られているので、滅多に市場に出回ることはありませんが」

ふぅん、そうなんだ。

『イチノ様、緊急事態です。町で大きな騒動が起こっています』

通話札からキャロの声が聞こえてきた。

「どうしたんだ？」

『狂乱化の呪いが複数の場所で発動、暴れています。幸い、レベルが上がる前に警備していた衛兵によって取り押さえられましたが、その現場を直接見た人を中心に【狂乱化の呪い】についての噂が拡散。また、衛兵から連絡があり、狂乱化の呪いにかかっている人が複数名見つかったようで、解呪を頼みたいそうです』

「――わかった、すぐに戻る。ハル、鈴木の居場所はわかるか？」

「はい、匂いをたどればすぐに見つかると思います。いまのことを伝えればいいですね」

「頼む。俺は先に戻っているから、ハルも鈴木に伝えたら、マイワールドに戻ってくれ」

俺はそう頼むと、拠点帰還（ホームリターン）を使ってマイワールドに転移しようとした。

……あれ？

「どうされました？」

「いや、ちょっと」

拠点帰還（ホームリターン）の行き先が増えていた。

この町の住所だ。

フェリーチェ？

誰だ、これ？

会ったこともない人の名前だが――俺に一目惚れした人でもいたのだろうか？

ちょっと嬉しいが、ハルには黙っておくか。

「じゃあ、俺は先に行っているよ」

そう言って、俺はマイワールドに転移した。

「マスター、お帰りなさいませ――寛(くつろ)げる状況ではないようですね」

ピオニアが俺を迎えて、温かいおしぼりを渡してくれた、俺が焦っている状況に気付いたようだ。

「察しがいいな、ピオニア。すぐに出る。ハルはあとから戻るよ」

俺はおしぼりで軽く顔を拭いて気分をリフレッシュさせる（このリフレッシュ感は浄化(クリーン)では再現できない）と、マイワールドから出た。

俺が鈴木の家に戻ると、キャロが部屋で待機していた。

「ハルは、鈴木に事情を伝えてから戻ってくる。まずは先に治療をするぞ。それで、呪いにかかった人数は？」

「三十四人――全員市庁舎の職員だそうで、副市長より、すぐに来てほしいと連絡を受けました」

「――っ⁉」

三十四人だってっ⁉

これまでの比じゃない。

しかも役所の職員か――もしも全員呪いが発動していたら、町の機能は完全に失われるところだったかもしれない。

「ご主人様、呪いの治療よりも先に、門に向かってください。その間にラナさんが鈴木さんの家紋の入った封蝋を、庁舎に届けに向かいますから」

「門？　町の正門か？　そこになにがあるんだ？」

「なにもなかったら、それでいいのです」

よくわからないが、キャロはなにかを不安に思っているようだ。


正門の前は大変な騒ぎだった。

門がいまにも破られようとしていたのだ——しかも内側から。

怒号が飛び交っている。衛兵の声はほとんど聞こえない。聞こえてくるのは、この町の市民たちの声だ。

「ここから出せっ！」

「こんな町にいられるかっ！」

「衛兵どもを縛り上げろ！」

内乱——いや、騒乱だ。

町の中で狂乱化の呪いが発動し、さらに市の職員までもが狂乱化の呪いにかかったことが判明。いつ、自分の隣人や家族が狂戦士になるかわからない。そんな恐怖が人々を暴徒にした。

これは、キャロの予想通りの光景だった。そして、これは俺ひとりで止められるものではない。

俺は人がいない城壁沿いに走り、そこから木の枝の上に飛び乗り、さらに城壁の上に飛び上がった。

「何者だっ！」

「俺はイチノジョウ。准男爵だ」

准男爵のブローチを見せると、衛兵たちが敬礼をした。

兵といっても大半は平民。爵位を持つ騎士は、こんなところにいない。

「しかし、准男爵様がいったいなぜ、このようなところに？」

「この騒乱の顛末を見せてくれ——なにも起こらなければ——最悪の事態が起こらなければ、それでいいんだ」

「最悪の事態が起こらなければ、ですか——しかし、門はいまにも破られそうで、すでに最悪の事態ですが」

衛兵が言う。こいつは本気で言っているのか？

騒乱。混乱。町からの脱出。

こんなのは全然最悪じゃない。キャロが杞憂で済めばいいと思い、そして俺が恐れた、最悪の事態ではない。

俺は城壁から、遥か遠くを見る。そこでは国王軍がいまだに列をなし、町を取り囲んでいる。なにも動かない。

それがひどく不気味だった。

「准男爵様、狭間から外を覗くのは危険です」

見張りの衛兵がそう言った。

「……城壁には見張りの兵しかいないのか？　町を囲まれているのに？」

「囲まれていますが、彼らは敵ではありません。同じ国のために戦う兵——同胞ですから」

「刃を向けられても、まだ同胞か……」

それは、信頼していると呼べるのだろうか？

俺には、ただ考えることを放棄しているようにしか思えない。

最悪の事態について想定するのは、ひどく疲れるから。

俺はそう思い、汗を拭った。

ただでさえ南大陸は熱帯の気候なのに、それに加えて市民の熱狂による熱波が、ここまで伝わってくる。

「なにか、冷たい飲み物を用意させましょう」

「いや、必要ない」

そのとき、市民たちから歓声が起こった。

どうやら門が破られたようだ。

市民が我先にと門から外に出ていった——そのときだった。

「——っ！」

外に出た市民たちに向かって、国王軍たちが一斉に矢を放ったのだ。

最悪の事態が起こった——国王軍は、町から誰も出さないと決めた。

それが武力という形になったのだ。

まさか、自分たちを守ってくれるはずの兵から、矢を射かけられるとは思っていなかった。門から出た市民たちから、悲鳴が上がった。

俺は城壁から飛び降り、市民の前に出る。

「ブーストメガアイスっ！」

市民の前方に巨大な氷の塊を作り出し、矢の攻撃を一時的に防いだ。

ついでに、さっきまでの暑さが嘘のように涼しく――いや、寒くなる。

「皆、いまのうちに門の中に戻るんだっ！　国王軍は、俺たちが外に出たら本気で殺すつもりだ！」

俺の叫びは、ある種、失敗だった。

矢の攻撃を目の当たりにした人間は、慌てて門の中に戻ろうとするが、なにも知らない門の内側の人間は外に出ようとする。

狭くはないが、しかし門の付近はパニックだ。そのうち、何人か圧死しかねない。

そのときだった。

どこからともなく、歌が聞こえてきた。

その優しい歌声に、俺は思わず聞き入ってしまった。

気付けば、門の外にいた人も門から外に出ようとしていた人も、歌声が聞こえる門の中へと入っていった。

途端に歌声はぴたりとやみ、正気を取り戻した衛兵は、急いで門を閉じて閂（かんぬき）をかけた。


いったいなにがあったんだ？

それと、あの歌――昔、聞いたような気がする。

俺は周囲を見回して、歌声が聞こえてきた方向を見た。

遠くの屋根の上で、ふたつの影が動くのが見えた。


俺は急いで、その影が動いたほうへと向かう。

「やっぱり――」

そこにいたのはハルとキャロだった。キャロは大人の姿で立っている。

さっき聞こえてきた歌――俺がキャロと初めて会ったときに、俺を呼び寄せた歌と同じだった。

「すみません、イチノ様。差し出がましいことをしました」

キャロはそう言って、いつもの姿に戻った。

「助かったよ。でも、あの歌は？」

「夢魔の女王のスキル――セイレーンの歌声です。歌を聞いた人間を催眠状態にし、誘導するスキルです」

「セイレーンか」

セイレーンはギリシア神話に登場する、綺麗な歌声で船を呼び寄せ、沈めてしまうという海の魔物だ。

こっちの世界だったら、魔物ではなく亜人かもしれないが。

イメージだと、翼の生えた人魚みたいな感じだからな。

なるほど。確かにさっきの歌声は、セイレーンの歌と呼んでも過言ではない力を感じた。

「でも、よくあそこから、門の外まで声が届いたな。それもセイレーンの歌声の効果か？」

「イチノ様がくださった拡声札のお陰です」

キャロはそう言って、効果を失ってただの紙切れとなった札を俺に見せた。

「ご主人様はこうなることを予想して、キャロに拡声札を渡したのですね。感服いたしました」

ハルが感心するが、単に通話札と間違えて渡しただけだ。

セイレーンの歌声なんてスキル、覚えたことも知らなかった。

「セイレーンって、この世界にもいるのか？」

「ケンタウロスと同じく、かつてはいたとされる種族ですね。各地に伝承が残っていますので、いたことは確かでしょうが、証拠はありません。もしかしたら、キャロと同じような力を持った海の種族が、自分の姿を悟られまいと作り出した、幻影だったのかもしれません」

「そうかもしれないな」

俺は頷いてそう言うと、市民たちを見た。

国王軍から矢を射かけられたことが、市民たちの間に広まった。もう、町から出ようとする者はいないだろう。いや、俺の知らないところで、正門以外の場所から出ようとして、死んでいる人間がいるかもしれない。

「これで暴動は治まると思うか？」

「町の外に出ようとする人は少なくなるでしょう。しかし、町の中の治安は悪化するでしょうね」

「キャロもそう思います。それに、多くの人は誰も信用できずに、家の中に引きこもることになるでしょう。食糧不足の懸念もあります。初級者向けの迷宮に生息する魔物が例年以上に活性化しているのは、唯一の救いかもしれませんね」

初級者向けの迷宮も、魔物が大量発生しているのか。

初級者向けの迷宮の魔物は、食材をドロップする植物系の魔物が多いって言っていたよな。

幸い、中級者向けの迷宮のように、ランクに合わない魔物が現れることは、いまのところないらしい。せいぜい、レアモンスターが現れる程度なのだとか。

しかし、この魔物の大量発生と狂乱化の呪い、そして国王軍の容赦ない攻撃。

本当にこの町は、どうなっているんだ？

幕間　ケンタウロスの飼い主

マレイグルリに入っていながら、その町の現状について、まったく知らない男女がいた。

ジョフレとエリーズである。

もっとも、彼らが本当にマレイグルリの中にいるのかは、彼ら自身ですらわからない。鈴木の家の倉庫で偶然見つけた隠し階段を下りていき、秘密の地下道の探索という名を借りて、何日も彷徨(さまよ)い続けている。

本来、彼らが持っていた食料だけでは、ここまでの探索はできなかっただろう。

しかし、彼らにはケンタウロスという名のロバがいた。この食い意地の張ったロバは、地下道の中に僅かに生えている食用の茸がある場所を目敏く、いや、鼻敏く見つけては食べており、ジョフレとエリーズもまた、その恩恵に与(あずか)っていた。

勿論、なにもない探索というわけではない。


「出たぞ、フィッシュリザードだっ！」

「因縁の対決ねっ！　ここで会ったが百年目ねっ！」

現れたのは、尻尾にヒレの付いた巨大蜥蜴(とかげ)だった。

地下道にある水飲み場が、どこかの池か湖と繋がっているらしく、卵が水で流されてきた結果、水生の魔物が現れることがある。

フィッシュリザードもその類——地下道で生まれ育ち、繁殖してきた魔物である。

ソイツにとって、人間を見るのもまた、初めてだっただろう。

だが、魔物の本能か、フィッシュリザードはジョフレとエリーズを見つけると、一直線に突撃してきた。

フィッシュリザードは、中級レベルの冒険者が戦う強さの魔物だった。

「痺れ鞭っ！」

エリーズの鞭が、フィッシュリザードの脚に絡みついた——と同時に、フィッシュリザードの動きが止まる。麻痺の効果が発動したのだ。

「さすがエリーズだっ！　ええと、マレイグルリで聞いたんだが、こういうときは『そこに痺れる憧れる』って言うらしいぞ！」

「えっ⁉　ジョフレも痺れたの⁉　解麻痺ポーションは持ってないよっ⁉」

「俺はいつも痺れてるぞ。エリーズに恋して心が痺れているんだ」

「ジョフレ……私もジョフレの言葉に痺れちゃうよ」

バカップルは、どんなときでもバカップル。

むしろ、ふたりしかいないせいで歯止めが利かない。

スラッシュを打ち込むイチノジョウもいなかった。

だが、空気を読んだのか、麻痺の効果が切れたフィッシュリザードが動き出す。

「ジョフレっ！」

「回転斬り！」

ジョフレは回転しながら大きく飛んで、フィッシュリザードの頭に致命傷を与えた。

ふたりはふたりなりに修羅場を潜り抜けてきたので、剣士としても魔物使いとしても、成長していた──

「これって、トリプルアクセルっていうんだぞ……いや、トリプルスピンだったかな？」

「どう違うの？」

「加速しているのがアクセルで、回っているのがスピンなんじゃないか？」

「加速もしていたし、回ってもいたよ？」

「じゃあ、トリプルアクセルスピンだな！」

──頭以外は。

ふたりは日本の言葉を適当に聞いているだけで、その本質は全然理解していなかった。

トリプルスピンもトリプルアクセルもフィギュアスケートの用語であり、この場合は不適切であることもそうだが、そもそもジョフレは一回転しかしていなかった。

とまぁ、そんなこともあったが、ジョフレたちはこのようにして茸だけでなく、フィッシュリザードの肉という貴重なタンパク源も入手していた。

その半分を切り分け、焚火で焼く。

「フィッシュリザードのお肉なら、ケンタウロスに食べられる心配もないね──あれ？」

「そうだな。なんてったって、ロバは草食だからな――あれ？」

「「あれ？」」

ふたりは同時に首を傾げた。

そのときだった――ケンタウロスが、焼けたばかりのフィッシュリザードの肉を食べた。

「あ、思い出した。そういえば、俺たちが最初にケンタウロスに出会ったときも」

「ケンタウロスにフィッシュリザードのお肉を食べられたんだった」

そして、ジョフレとエリーズはあることに気付いた。

それは、彼らにとって驚きの出来事だった。

「もしかして、ケンタウロスって普通のロバじゃないんじゃないかっ⁉」

「もしかして、ケンタウロスって普通のロバじゃないんじゃないのっ⁉」

普通の人には、いまさらの話だったが。

そして、それがわかったところで――

「ケンタウロス、次に焼くのは俺たちの分だからな」

「ケンタウロスの分は、その次に焼いてあげるからね」

ふたりのケンタウロスに対する扱いが、変わるわけでもなかった。

そんなこともあり、食料の心配がなくなったふたりは、さらに地下道を進んでいった。

そして、そろそろ探索も飽きたし、家に帰ろうかなと思い始めた頃――ふたりは見つけた。

明らかにほかの通路とは違う、扉のようなものを。

「もしかして、宝の部屋か？　エリーズ、なにが欲しい？」

「えっと、私はふかふかのパンが欲しい！」

「俺は新鮮な野菜だな。茸と魚肉ばかりの生活は飽きてきた」

「ケンタウロスは、きっとどっちでもいいよね」

宝よりも食に飢えていたふたりが扉を押した。

だが、扉はまるで開く気配がない。

いったいどうやったらいいんだ？

そう思ったとき、ジョフレとエリーズが見つけたのは、見覚えのある窪みだった。

「ジョフレ！」

「ああ、例の窪みだ」

ジョフレは、かつて見張りの塔で見つけた勾玉を窪みに嵌めた。

扉が重い音を立てて開いていく。

「お宝だ！　野菜だ！」

「お宝だ！　パンね！」

喜びながら扉の向こうに出たジョフレとエリーズだったが、そこで見たのは無機質な鉄格子と、修道服を着たひとりの老婆の姿だった。

彼女は椅子に座って、パンと野菜屑を食べていたが、入ってきたジョフレたちを見て立ち上がる

と、

「あらあら、来てくれたのね、私の可愛いスロちゃん」

そう言って、ケンタウロスを撫でた。

「あなたたちが、この子を連れてきてくれたのね」

「ああ。俺の名前はジョフレだ！　そしてこいつはケンタウロスだぞ、婆ちゃん」

「私の名前はエリーズ。ケンタウロスのことを知っているの？」

「あらあら、いまはケンタウロスって名前なのね。丁寧な自己紹介をありがとう」

老婆は柔和な笑みを浮かべ、自身の名と役職を告げた。

「私の名前はミレミア。以前この大聖堂で助祭をしていた、かつてのこの子の飼い主よ。教会では死んだことにされて、もうずっとこの場所に監禁されているけどね」

老婆――ミレミアの思わぬ告白に、ジョフレとエリーズは顔を見合わせた。

第三話　呪いの元凶

門の騒ぎはいちおう、一段落したようだ。

市民に縛られていた衛兵は解放され、逆に市民の何人かが逮捕された。本来ならば、民衆扇動罪とか国家反逆罪のような大罪に科せられるのだが、できるだけ軽い罰で済んでほしい。

門での混乱のせいで十人以上の怪我人が出たが、幸い、衛兵を含め死者はいなかった。

それと、セイレーンの歌声に関しては、さまざまな意見が飛び交っていた。

「あの歌は、我々を守るために顕現なさった女神様の歌声だ。きっとこの呪いも、女神様が治してくださる」

という、妙にポジティブな意見もあったが、なかには、

「あの歌の力は凄まじい。あの歌の主こそが、呪いを撒き散らした張本人に違いない」

なんて、いい加減なデマを拡散させる奴まで現れた――嘆かわしいことに、このデマに対し、一部の賛同者が出ている。

ちなみに、この情報を集めるために市民から話を聞き回っていたキャロが、その歌声の主だと見抜いた者は誰ひとりいなかった。まぁ、あの色っぽい歌声と、キャロの可愛らしい声が同じものだとは、誰も思わないだろう。

俺は市庁舎に向かった。

立派な外観とは異なり、庁舎の中はとてもシンプルなデザインだ。どことなく、ハローワークを思い出す。番号札が出てくる機械でもあれば完璧である。

総合窓口には誰もおらず、職員が慌ただしく働いている。役所の規模のわりに、人数が圧倒的に足りていないと思うが、気のせいではないだろう。

あまりにも忙しくて、俺が入ってきたことに誰も気付いていない。

「あの、すみません」

木箱を運んでいた男性職員に声をかけた。

すると、その職員は俺の顔も見ずに、

「誰か、窓口対応をお願いします」

と言って走り去っていった。

カウンターの向こうで書類仕事に追われていた、三十歳前後の女性職員がこちらにやってくる。目の下に隈ができていて、厚化粧で誤魔化そうとしているのに誤魔化しきれていない。かなり過密な仕事に追われているのだろう。

「……なにか御用でしょうか？」

「はい――あ、でもその前に、体力を回復させる魔法をおかけしますね」

俺はそう言ってから、彼女に向かって、

「スタミナヒール」

と魔法をかけた。淡い光が彼女を包み込む。

彼女は何度か瞬きをして、

「あ……ありがとうございま……ふわぁ……あっ、失礼しました」

そう言って、小さな欠伸をしてから謝罪をした。

スタミナヒールでも、眠気は解消できないからな。疲れのせいで、眠気が麻痺していたのかもしれない。でも、彼女の顔色を見る限り、スタミナヒールをかけてよかったようだ。

目の下の隈も消えたし。

「それで、本日のご用件は？」

「副市長に呼ばれてきました、イチノジョウと申します」

「イチノジョウ様っ⁉　あの、ディスペルをお使いになられる、伝説の法術師様ですかっ⁉」

「はい、ディスペルを使う……え、伝説？」

なんか、話が凄いことになっていないか？

ディスペルを使える人は少ないそうだけれども、伝説といわれるまでじゃないと思うが。

「いますぐご案内します！　助かります！　呪いにかかったと判明した職員が個室に隔離され、人手が圧倒的に足りていないんです。早く治してください！」

「わかりましたから――」

「あ、申し遅れました！　私、この役所で受付けをしているミドレー・マルラー。二十七歳、現在ちょうど彼氏募集中です」

受付けの女性――ミドレーさんが、俺に顔を近付けて、そう宣言した。

カウンターの向こうから、「ミドレーさん、本当は三十四歳じゃなかった？」「ちょうど彼氏募集中って、もう十年以上いないでしょ」と囁くほかの女性職員の声が聞こえてきて、ミドレーさんが睨みつけた。

頼みますから、忙しいのなら仕事をしてください――無職で、宮仕えのつらさなんてまったくわからない俺が言うのもなんですけれど。


ミドレーさんから副市長に連絡がいき、秘書を名乗る、いかにも仕事ができるという感じの、スーツの似合いそうな男性職員が現れた。

俺と同い年くらいなのに、凄い差を感じる。

秘書さんに案内された先にいたのは、五十歳代後半の白髪交じりのおじさんだった。

「お待ちしておりました、イチノジョウ殿。私が副市長を務めている――」

「副市長――挨拶より治療を優先してください」

「そうだな――イチノジョウ殿、こちらです」

副市長さんは秘書さんに急かされ、俺を案内した。

途中、名乗るタイミングを逃した副市長さんは、世間話を始めた。

「いやぁ、市長が町から出た直後に急にこのようなことになって、私も困っているのですよ」

市長とはダイジロウさんのことであり、彼女がいるから、この町は魔法都市として発展を遂げたといわれている。

町の中の噂では、国王軍はダイジロウさんがいないこの隙を狙って、町を占領しようとしているのではないか？　というくだらないものもあった。

実際に町を占領するつもりだったら、とっくにこの町に攻め込んでいるはずなので、それはない——と思われている。

むしろ、町を取り囲むだけでなにもしない国王軍のほうが、消耗が大きいはずだ。軍を待機させるというのは、それだけでかなりの国費を消耗する。町全体を取り囲む数の兵ともなれば、なおさらだ。

「ダイジロウさんが町からいなくなるのは、よくあることなんですか？」

「はい。毎回航路計画を出していただいているのですが、今回に限っては、航路計画はあっても帰ってくる日にちがわからず仕舞いで」

帰ってくる日にちはわからないのか。

すぐに戻ってくるなんて淡い期待は、最初からしていない。

そう思って話を流しかけ、俺は思わぬ単語が副市長さんから飛び出たことに気付いた。

「航路計画っ⁉　そのようなものがあるんですか？　もしかして、この役所に？」

「ええ、私の部屋にも写しがございますよ？　ご覧になりますか？」

「はい、是非——」

「副市長、イチノジョウ殿、先に治療をお願いします」

秘書さんに話を止められ、俺は喉から出てきた手を、なんとか引っ込めたのだった。

倉庫や資料室など、普段使われていない個室に閉じ込められた職員たちは、ほぼ全員、綺麗な同じ色の制服を着用していた。

この庁舎では職場ごとに制服の色が異なるらしく、彼らは同じ課の職員らしい。

ひとりひとりの部屋に出向き、ディスペルで治療する。

十人の治療を終えたところで、副市長さんは用事があるからと執務室に戻った。

すべての個室が同じフロアにあるわけではないらしく、俺たちは階段を上って別のフロアに移動する。階段を上っている途中、秘書さんが尋ねた。

「……イチノジョウ殿、呪いは病のように空気感染するのでしょうか？　もしくは、疲れている人間がかかりやすいとか――」

「いいえ。特にそのような話は、聞いたことがありません」

「そうですか……いえ、呪いにかかったのは全員、迷宮管理課の人間でして」

「迷宮管理課？　どのような仕事をするのですか？　たとえば、迷宮に直接出向くとか？」

「はい、現地に出向くこともありますね。そのため制服が汚れやすく、彼らは全員制服を二着持っています」

ちなみに市庁舎の制服は、学生服同様買取り制らしい。

「ですが、基本は迷宮から出た魔石やドロップアイテム、魔物の数など、冒険者から上がってきた情報を管理したり、冒険者ギルドで買い取った魔石の管理や、市が雇っている冒険者の派遣管理をしたり、冒険者ギルドや傭兵ギルドとの協議をしたりする課です。普段はそれほど忙しくないのですが、今回の騒ぎで家に帰ることも洗濯することもできない状態でして——同じ課の職員だけが呪いにかかったので、庁内で、呪いが空気感染するのではないか？　自分も迷宮管理課のように働いていたら呪いにかかるのではないか？　と不安が広まっているのです」

「そうだったんですか……でも、呪いが空気感染するのなら、呪いにかかった人を取り調べている人間が呪いにかからないのは不自然ですし、疲れている人間が呪いにかかりやすいというのなら、現在もっとも呪いにかかりやすいのは、緊張状態を強いられている衛兵たちでは？」

衛兵が呪いにかかっているという情報は、いまのところない。

「そうですね——イチノジョウ殿のおっしゃる通りです。私もそう職員に説明し、皆を安心させましょう。イチノジョウ殿は本当に素晴らしい。あの制圧力と魔法の腕だけではなく、冷静な判断力までお持ちとは」

「え？　制圧力？」

「あぁ、いえ、申し訳ありません。先の小麦粉屋の男が襲われた事件のとき、イチノジョウ殿が戦っているところを見ていたのですよ」

「あぁ、そうだったのですか」

あのとき、近くにいた人間は全員逃げていたが、遠くから俺たちを見ている野次馬が何人かいた。この秘書さんも、そこにいたのだろう。

秘書さんはそのあとも、俺の戦いについて過剰なほどに褒め称えてくれた。

悪い気はしないが、どこかむず痒かった。


全員の治療を終えた。職員たちは呪いの結果が出るまで、部屋で待機することになっている。治療を終えた者たちも、鈴木が以前に使った、呪いにかかっているかがわかる試験薬で陰性が判明するまで、隔離され、些細な変化があっても報告するように義務付けられているのだ。しかし皆は、自分の呪いが解けたことに安堵している様子だった。

俺は応接間で、ひとり待たされることになった。

テーブルの上の砂糖菓子をもらったが、甘すぎてあまり美味しくなかったので、半分だけ食べて残りはアイテムバッグに入れ、お茶を飲んだ。

そうしているうちに、副市長さんが部屋に入ってくる。

彼は持ってきた箱をテーブルの上に置くなり、俺の手を握って何度も振った。

「助かりました、イチノジョウ殿。これは気持ちですが――」

副市長さんがそう言って箱から取り出して俺に渡したのは、貨幣が入っている革袋だった。重さだけでは金貨か銀貨かの区別はつかない（さすがに銅貨ではないと思う）が、どちらにせよかなりの額になる。袋のサイズ的に五十枚くらい――全部銀貨だったとしても五千センスはあるんじゃないだろうか？

謝礼ということらしいので、素直に受け取っておく。

当然のことをしたまでです——と普段の俺なら受け取りを拒否しただろうが、今後、お金が必要になってくるかもしれない事柄があるので、俺は素直にお金を受け取った。

「ありがとうございます。それで、副市長さん、例の件ですが——」

「ええ、市長が所有する飛空艇の航路計画ですね」

「見せていただけますか？　機密事項なのは重々承知しておりますが——」

「構いませんよ」

「そこをなんとか——え？」

思わぬ了承に、耳を疑うお約束をしてしまった。

「機密事項じゃないのですか？」

「いいえ？　航路計画は道中の安全と混乱を防ぐため、飛空艇が立ち寄る村や町などには知らせております。飛空艇が実験段階に入った頃、空に謎の魔物が現れたと町がパニックになったことがありまして、その名残ですね。馬車での移動なら、計画がバレたら盗賊に襲われるかもしれませんが、航路計画なら道中で襲われる可能性もありませんし」

副市長さんはそう言って、箱の中から地図を取り出した。

これが航路計画らしい。マレイグルリから線が延び、ところどころに日付と時刻が書き込まれている。

なんてことだ。

つまり、ダイジロウさんの行き先を調べたかったら、ミルキーの本を探したり、飛空艇ドックを調べたりするのではなく、最初から市庁舎に来ればよかったというわけか。

ダイジロウさんがドックのすべての資料を持ち出したくらいだし、飛行経路は重要機密に違いないと勝手に思い込んでいた。

キャロにとっても盲点だったのだろう。

「あれ？　この先は？」

航路は、飛空艇が南大陸の最東端まで来たところで途切れていた。

「海の上やほかの大陸までは、伝達の術がありません。提出されているのはここまでです」

「この地図と時刻が正しければ……飛空艇のダイジロウさんとミリはもう海の上——帰ってくる航路も書いてありますが、何日後かはわかりませんよね」

「ええ、帰る日にちは不明とのことです。帰る直前に、こちらに連絡がくる手はずになっております」

「副市長、失礼します。報告がございます」

そう言って、秘書さんが入ってきた。

「なんだね？」

「はい。先ほど治療を終えた人のなかから、幻聴が聞こえるという報告がありました。ひとりやふたりではないので——」

治療を終え、待機していたうちの何人かが、幻聴が聞こえてきたと声を上げ、同じ症状の人間が複数名いたので、隔離されている三十四人に確認を取ったところ、十人が同じ声を聞いたそうだ。

「三人くらいまでなら、精神的なものだと思ったが――しかし、なぜ同じ声だとわかった？」

「いえ、声の質ではなく、内容が同じだったのです」

内容が同じ？　まさか――っ⁉

「世界の救済――そういう言葉が聞こえたそうです」

「世界の救済？」

副市長さんが首を傾げた。

「呪いを発動させる言葉だそうですよ……治療が遅かったら、その十人は狂乱化の呪いが発動していたかもしれません」

俺がそう説明する。

「副市長、そのことはすでに報告に上げたはずです。いまは贖罪者となっている呪いの被害者たちから、その言葉を聞いたという報告を受けていますから」

「え？　そうだっけ？　ごめん。資料が山のように届くから、取り紛れていたみたいだ」

副市長さんは笑ってそう言ったが、そんな大切な資料なら、ちゃんと読んでおけよ。

そう思ったら、副市長さんは俺に尋ねた。

「イチノジョウ殿は、どうしてそれをご存知なのですか？」

「前に悪魔族の女性の狂乱化の呪いが発動したとき、殺された衛兵が「せかいのきゅう」と言い遺してくれたんです。それで、小麦粉を転売していた男が殺されたとき、狂戦士になった男を取り押さえると、『世界の救済』という言葉が聞こえてきたって言ったので、それがキーワードになっていることは間違いないって思ったんですよ」

まさか、死んだはずの悪魔族の女性から直接聞いたなんて言えない。

「そういえば、あの悪魔族の件も、イチノジョウ殿が関わっているのでしたね」

いつも現場に現れる謎の男――ミステリー小説なら、警察に怪しまれて取り調べられる。絶対に犯人ではないパターンだが。

「疑われていませんよね？」

「勿論です。悪魔族の件も、治療のためにイチノジョウ殿をお呼びしたことは把握しています。そもそもあなたが犯人なら、治療なんてするはずはありません――治療できることを利用し、荒稼ぎしたり名誉を欲している様子もありませんし」

「そうなんだよね。イチノジョウ殿には謝礼として五千センスを支払ったけれど、それ以上は要求してこないしね」

「副市長？　議会から承認が下りたイチノジョウ殿への謝礼は、一万センスだったはずでは？」

「……あ、あぁ、そうだった。前金を先に支払うのを忘れていたよ」

副市長さんはそう言って、さっきと同じ大きさの革袋を俺に渡した。

秘書さんが指摘しなかったら、そのまま着服するつもりだったのだろうか？

「そうだ。とりあえず治安維持のための警備依頼を、冒険者ギルドに出してこないと。イチノジョウ殿、ゆっくりなさってくださいね」

俺がジト目で見詰めていると、居心地の悪くなった副市長さんはテーブルの上の資料を手に持ち、そそくさと出ていった。

あまりに慌てていたため、資料がいくつか落ちる。

「まったく――ダイジロウ様が、副市長はちょっと間の抜けた小悪党くらいがちょうどいいなんておっしゃるから――彼は間の抜けたところはありますが、己の地位を守るため、全力でこの事態の収拾に努めています。優秀な面もありますので、ご安心ください」

「そうだといいのですが」

俺はそう言って、落ちた資料を拾った。

今回の事態に関する臨時予算書か。

経理の書類は、飲食店のアルバイトしかしてこなかった俺には無縁だったな。こういう書類の処理ができるだけでも、副市長さんの評価が上がってしまう。

「いちおう、それは機密事項ですから、あまり見ないでくださいね」

「あ、すみません」

「いえ――まぁ、いちおうとつく程度のことなので。興味があるのなら見てくださっても構いませんよ」

「あぁ……はい」

別に興味はないんだけれど、見てもいいって言われたら少し見てしまう。

うわ、今回の騒動で金貨一万枚、一億センスもの金が使われているのか。

食糧不足の一部は、市庁舎が食品を買い上げていたことが原因だという事実も、これでわかった。

もっとも転売目的ではなく、炊き出しや配給に使うらしい。

「庁舎の職員にかかる費用が意外と高いんですね」

「庁舎の職員や魔法捜査研究所員は自宅に帰る暇もありませんからね。食費や残業代だけでなく、衣服のクリーニング代、下着代、特別手当など、お金がいくらあっても足りません。もっとも、お金で解決している間はまだ平和なのですよ」

「……そうですね」

もしも包囲がさらに続き、食糧不足に拍車がかかったとき、お金の価値というものは崩壊する。一枚の金貨より、一欠片（かけら）のパンのほうが価値のある世界になる可能性だってある。

そんな、世紀末みたいな世界はイヤだな。

お金が、政府への信用によって価値を見出しているのだと、よくわかるよ。

「ただ、解決への道筋はまだ遠そうです」

「そうなんですか？」

「はい。実は我々は、この狂乱化の呪いの原因は、悪魔族だと確信していたのです。というのも、イチノジョウ殿が取り押さえた狂戦士の男からの話で、どこからともなく声が聞こえたのに、近くには殺人被害者の男しかいなかったという話を聞きまして。イチノジョウ殿はご存知かもしれませんが、悪魔族は魔法を使い、角や翼を隠して生活しています。その気になれば、魔法で姿を消すことができるかもしれない」

俺と同じことを考えていたのか。

そりゃそうだ。俺が気付いていて、ほかの誰も気付かないことなんてあるわけがない。

「――そう思っていました。しかし、先ほどの『世界の救済』という声は、全員がほぼ同時に聞いたのです。職員が隔離されている部屋の扉が開かれた様子はありませんし、部屋の中に姿を消している人物がいる気配もありませんでした。結果、犯人が姿を消しているという説は崩れるわけです」

そうだよな。さすがに狭い部屋の中に誰かがいたら、姿を消していたとしても息遣いなどで気付くはずだ。

そうか、犯人は悪魔族じゃなかったんだ。

俺は少し安心した。

「まぁ、悪魔族が犯人ではないという証拠にはなりませんが」

俺の心を読んだかのように秘書さんは言った。

「あの、どうしてその話を私にするのでしょうか？」

「イチノジョウ殿の仲間――半小人族（ハーフミニヒューム）のキャロル様が、狂乱化の呪いについていろいろと調べ回っていることは知っていますので、協力したまでです」

キャロのことまで把握しているとは、こやつ、やりよるな。

もしかして、本物の副市長さんが秘書さんに化けているのではないだろうか？

「事態が解決できる可能性は、一パーセントでも上げたほうがいいですからね。なにかわかったら教えてください。これは私の家の住所です」

「買い被りです。いろいろ教えてくださっても、上がるのは事件解決の可能性ではなく、私の好感度だけですよ」

「私はそれでも一向に構いませんよ。むしろ望むところです」

俺の背筋に悪寒が走り、尻の穴がきゅっと引き締まった。

ってあれ？　なんだ？

待て。そういえばなんで、この秘書さんは俺に家の住所を書いた紙を渡してきたんだ？

だって、秘書さんを含め、職員たちは何日も家に帰れていないいんだよな？　つまり、事件解決に関する情報を持っていく先は、彼の家ではなく市庁舎になる。

彼が家に帰るとすれば、それは事件が解決したあとである。

そして、その住所を見た途端、俺の疑問は恐怖に繋がった。

俺はそれを尋ねてはいけないと思った。絶対に尋ねてはいけないと。聞いてもそこに、幸せなんて待ってはいないと。

だが、俺は一縷の望みを持って、つまりはパンドラの箱の底に眠る僅かな希望を見つけ出そうと尋ねた。

「あの、そういえばお名前は？」

「申し遅れました。私はフェリーチェと申します」

そ、そうか。ふぅん、女性みたいな名前だな。

まさか、本当に女性だってことはないだろうか？

「フフフ、女性みたいな名前でしょ？　子供の頃は男のくせにってからかわれました。私の生まれ

「故郷では、よくある男性名だったんですが」

「そ、そうですね。いい名前だと思いますよ」

「イチノジョウ殿にそう言ってもらって、心から嬉しいです」

俺はこのあたりから、自分がどんな話をしたか、ほとんど覚えていない。

俺は笑顔で会話を続け、市庁舎を出たあと、逃げ出すようにハルとキャロの待つマイワールドに戻った。


ミリの嘘つき……拠点帰還(ホームリターン)は、異性の家に転移する魔法だって言っていたじゃないか。

マーガレットさんの名前が二番目にある時点で、気付くべきだったんだけど。

マーガレットさん相手に、今回のような感情はなかった。彼女にはお世話になっているし、俺の気持ちを理解して行動してくれている――勘違いして襲ってきたときは怖かったが。

しかし、今回感じたのは純粋な恐怖だった。

同性だからというだけではないと思う。

同性相手に告白されていれば、ハルがいなくても俺は断っていただろう。そっちの気はない。だが、俺が受けたその好意は、誇るべきものだったと思う。

しかし、狂戦士になった男を捕まえたのは昨日のことだ。あの秘書さんはたった一日の間に、俺の名前、住んでいる場所、ハルやキャロの情報やキッコリたちとの交友関係まで、秘書の仕事の合間に調べ上げた。その行動力に恐怖した。

「よくわかりませんが、それで市の臨時予算書を持ち出してしまったのですか」

「返すのを、すっかり忘れていたんだよ」

それどころじゃなかった。

強く握られてくしゃくしゃになった紙を見て、キャロは感想を述べる。

「この予算書を見る限り、役所はかなり優秀なようですね。緊急時のマニュアルがしっかり作られていたのでしょう。やや保身に走っているところが見受けられますが」

「ああ。そういえば副市長さんは、小悪党だけど優秀だって言っていたな」

「あ、この予算は上手く誤魔化されていますが、犯罪者ギルドにお金が流れているようですね。小悪党というのは本当のようです」

「小悪党の政治家が優秀ってどうなんだ?」

「清廉潔白な政治家はとても素晴らしいですが、世の中そう上手くはいきません。犯罪者ギルドは実はどの町にも存在していて、領主と繋がっているといわれています。捕らえた犯罪者を全員裁判にかけ、贖罪者として更生させるのは確かに素晴らしいことかもしれませんが、贖罪者のステータスは非常に低いですから、それならと、犯罪職のなかでも上級職の人間を、軍の兵とすることも多いです。第零分隊――存在しない部隊といわれている、犯罪職の部隊です」

「……うわぁ、なんか聞くのがつらい裏側だな」

日本でも、昔は同じようなことがあっただろう。

最近はそんなことはないが、当時、政治家とヤの付く職業の人との裏の繋がりみたいなのは、表側には出てこないが誰もが知る話だったそうだ。

犯罪者ギルドか。

本当にそんなものが町の中にあるのか——一般人は、一生知ることはないだろうな。

「ちなみに、犯罪者ギルドはこの町に二カ所ありますね。場所は把握しています」

「知っているのかっ⁉」

キャロ、恐ろしい子っ！

「まさか、情報集めのために犯罪者ギルドに行っていないよな？」

「まさか、行っていませんよ」

「だよな」

よかった、安心した。

「中に入らなくても、犯罪者ギルドの中で手に入る情報なら、外でも手に入りますから」

安心できなかった。

まぁ、キャロなら情報収集の安全マージンの見極めを間違えるようなヘマはしないだろう。

この子、行商人より探偵とか警察官に向いているんじゃないだろうか？

「イチノ様、本を置き終わりました」

「ありがとう、助かるよ」

俺の目の前には、漫画『こちら渋谷区代々木公園前派出所』全二百巻が、二メートル置きに並べられている。

「書物検索！　こちら渋谷区代々木公園前派出所！」

漫画の場所がわかるスキルを発動させた。

【検索結果：百五十一件】

それぞれの本のタイトルと位置が、十件ずつ脳内に表示される。

一度に全部表示されないのは助かる。そんなことになったら、脳がパンクしそうだ。

「キャロ、百五十一巻まで検索できた」

「それなら約三百メートルですね、畏まりました」

キャロはそれを確認し、マレイグルリの地図を広げた。

もともと鈴木の家にあったものを、贋作作成でコピーさせてもらったのだ。

キャロはその地図を見て、いくつか円を描いていく。

「とりあえず、キッコリさんから聞いた怪しい場所と、キャロが怪しいと思った場所は、合計三十七カ所ありますが、この十カ所で書物検索をしたら、すべてカバーできます」

キャロは十カ所に点を記し、その点を中心に同じ大きさの綺麗な円を描いた。

ここを中心に書物検索をしたら、ミルキーの本が見つかる可能性が高いというわけか。

効率のいい本の見つけ方だな。

ダイジロウさんの飛行経路がわかった以上、ミルキーの本を探す必要はもうないのかもしれないが、じっとしていても落ち着かないし。

「もっとミルキーさんを見つけやすい方法が、あるにはありますが――キャロはお勧めできません

――というより、してほしくありませんが」

「そんな方法があるのか？」

キャロがしてほしくないっていうことは、かなり無茶な方法なのだろう。

でも、聞くだけ聞いてみるか。

「はい。イチノ様がフェリーチェという方と腕を組んで町を歩いていたら、その匂いを感じ取って現れるかと――」

「よし、書物検索をするぞ！」


キャロは町で情報収集をすることになり、俺とハルで町を回ることにした。

キャロが記した場所に行き、書物検索をするだけだ。

町の中心部から順番に検索をかけていく。しかし、ミルキーの本の反応はまったくない。キャロの予想では、ミルキーは町の宿屋にいる可能性が高いということだったので、宿屋街は入念に検索したのだが、そこでも反応はなかった。

「金が払えないなら、出ていってくれ！」

「出ていけって、町から出られないんだ、どうしようもないだろ！」

「なら、あんたの荷物を金に換えればいいだろ」

「これを売れば、次の町で売るものがなくなるんだ！」

宿屋の主人と旅商人らしい男が揉めている。町はどこも荒んでいるな。

こんなときにミルキーの本を探していていいのか、本当に不安になってきた。

結局、宿屋が集まるアザワルド街や観光地、商店が多い日本人街では目的の本の反応はなく、奥の魔法街までやってきた。

このあたりは倉庫が多いので、そこに本が保管してある可能性が高いということだった。

ここで反応がなければアウト――今度は怪しい場所ではなく、町全体に検索をかけることになる。

【検索結果：一件】

望んだ結果がようやく現れた。

「反応があったっ！」

「おめでとうございます、ご主人様」

しかし、結果一件？

ミルキーが、自分の本を一冊しか持っていないか？

なにはともあれ、反応のあった場所に行く。

「洗濯屋？」

そこは、レッド洗濯店という名前の店だった。

「とりあえず行ってみるか」

俺とハルは洗濯屋に入っていった。

中は少し薄暗い。

最初に出迎えてくれたのは、なんと着ぐるみだった。しかも数がかなり多い。三十はある。

「うわっ！」

思わず声を上げてしまう。

イベントでは人々を楽しませる着ぐるみだが、薄暗い部屋に三十体の着ぐるみがあるのは、少し怖い。

「お客様ですか？　すみません、驚かせてしまって」

店の奥から、丸眼鏡をかけた茶色い髪の、優男っぽい人物が現れた。

あ、パン屋で見かけたあの洗濯屋だ。

「あ、すみません。俺のほうこそ大きな声を出して」

「イベントで使う予定だった着ぐるみだそうで、洗濯したのですけれど、イベントそのものが中止になってしまって、関係者さんからしばらく預かっていてほしいと言われたのです――トホホ」

リアルでトホホと言う人を、初めて見た気がする。

そうか、イベント用の着ぐるみなのか。

手の部分だけ手袋のような形になっているのが、少し気持ち悪いな。

「それで、なにを洗濯しましょうか？」

「あ、いえ、ちょっと探し物をしにきたのですが――ミルキーっていう人が描いた漫画が、この店にあるって聞いて」

「ミルキー？　はて？　そのような本がありましたかね？　そういえば、市の職員からお預かりした荷物の中に、本があったような」

「きっとそれです。それを見せてもらえませんか？」

荷物は、奥の部屋にあるそうだ。

「しかし、お客様の荷物を勝手に見せるのは……いいえ、わかりました。奥の部屋にご案内しましょう」

洗濯屋は少し渋ったが、俺を奥の部屋に案内してくれることになった。

洗濯屋の中に入るのは初めてだ。ほとんどは、客から預かった服などだった。

「へぇ、いろいろとありますね」

制服が多い気がするが、普通の服もある。

あ、これは鈴木が普段着ている服だ——そうか、俺が洗濯屋に持っていくように促したんだった。

「町中の服が集まりますからね。いくら浄化(クリーン)しても終わりませんよ」

「よかったら手伝いましょうか？　俺も浄化(クリーン)は使えますけど」

「そうしていただきたいのはやまやまですが、私の浄化(クリーン)にはちょっとコツがありましてね。たとえば染め直しをした服に浄化(クリーン)をかけた場合、あとから染めた部分の色が剥げてしまうことがあるんですよ。どうも魔法が染め直した部分を、汚れと勘違いしてしまうそうで。なので、私は独自に浄化(クリーン)を改良して使っているんです」

魔法の改良——そんなことをしているのか。

俺がオイルクリエイトを使って、いろいろな油を作るみたいなものか。

「よろしければ、なにか洗濯してみましょうか？　ハンカチ程度なら、すぐに終わります。綺麗になるだけでなく、使い心地もいいと評判なんですよ。お代はいただきますが。衣服も洗濯できますよ。なんなら着替えも用意できます」

そう言って、男はアイテムバッグらしき鞄から、綺麗な服を何着も取り出した。

アイテムバッグを持っているのか。

容量はどのくらいなんだろう？

「ハンカチか——なら頼んでみようかな？　ハルも頼んでみるか？」

「では、このスカーフをお願いしようと思います」

ハルはそう言うと、いつも首に巻いているスカーフを解いて男に渡した。

ふと、机の上に目がいく。七夕の短冊のようなものが、いくつも用意されていた。

「あれ？　あの札は？」

「あれは、クリーニングしたときの注意事項を記すものですね。どうしても魔法で汚れが取れない場所があったときや、ボタンを付け替えなければいけなくなったとき、ポケットの中に物が入っていたときなどに、紙に書いておくんです」

あぁ、それは普通のクリーニング屋でもあるよな。

でも、なんかあの札、どこかで見たことがある気がするな。

「浄化（クリーン）——はい、できました」

おぉ、ハンカチが光り輝いている気がする。

魔法をこういう風に改良できるってことは、魔法の修行でもしたのだろうか？

俺は少し気になって、男の職業を調べた。

その瞬間、俺の中で点と点が一本の線に繋がった。

俺はその線を確かめるように、男に尋ねた。

「そういえば、パン屋からは、よく作業着を預かっているんですよね？」

「ええ、そうですよ。そういえば、パン屋で一度すれ違いましたよね？」

「市庁舎の制服も洗濯していますよね？」

「はい、ご贔屓にしていただいています。最近は特に」

秘書さんは言っていた。迷宮管理課の職員は最近家に帰ることもできないし、着替えもままならないと。にもかかわらず、彼らが着ていた制服はとても綺麗だった。まるで洗い立てのように。

市庁舎の職員は、制服を洗濯屋に持っていくことはない。彼らの制服は基本一着のため、何日も制服を預けることはできない。しかし、迷宮管理課の職員は制服を二着持っていて、なおかつ帰る暇もなければ洗濯する暇もない。気分を変えようと、制服を洗濯屋に出していてもおかしくない。

「鈴木——スズキ子爵の服も預かっているようですね。そこで見ましたが」

「はい、貴族様からの依頼ですから、念入りに対応させていただきました」

あぁ。鈴木の服は、俺がここに預けるように言った。

「そういえば、小麦粉屋の騒動で小麦粉塗れになった転売ヤーがいたんですけど、服が綺麗になっていたんですよね。着替えたんでしょうか？　たとえば、たまたま着替えを持っている人がいたとか？」

「…………」

洗濯屋から笑顔が消えた。

そして、俺は自分の背中の襟元をトントンと触る。

「その着替えの服の中とか、洗濯を終えた服の襟の裏や中に『通信札』でも仕込んでおけば、その人にだけ聞こえる声を届けることは可能ですよね。たとえば『世界の救済』とか」

洗濯屋は答えない。

代わりに、箱の中から一冊の本を取り出した。

その本には、ふたりの男（かなり美形）の絵が描かれていた。

「やれやれ、おかしいと思ったんですよ。最近、なにかと私の邪魔ばかりするあなたが、こんなくだらない本を探しにきたと聞いて――最初から私が犯人だとわかっていたのですね」

「勿論さ。もっとも、確信できたのは、あの札――魔記者が使う札を見たときだったがな」

ハルが、さすがご主人様です、という目で俺を見てきた。

違うぞ、ハル。お前ならわかっているはずだろ？

俺がこの店に入ったのは、ミルキーの本があるからだけだ。

魔記者の札を見たとき、俺は単純に、この洗濯屋の職業は魔記者なのかな？　って思ったくらいだ。

確信を持ったのは、魔記者か確認しようとして、

【鬼術師：ＬＶ５２】

だったとき。え？　もしかしてこいつが犯人なのか？　こいつが犯人なら、術にかかった人間の私物を盗まなくても、洗濯物として預かれば問題ないよな――って思ったんだ。

いまさら、実はなにもわかっていませんでした――なんて、カッコ悪すぎて言えないが。

「しかし、あなたは大きなミスを犯した。私が犯人だと気付いていたのなら、なぜこれを渡したのですか？」

洗濯屋が右手に握っていたのは、俺のハンカチとハルのスカーフ。

そして、左手はアイテムバッグの中に入っている。

彼は左手で、三つの宝石を取り出した。

そのうちのひとつが、淡い光を放った。

職奪の宝石
相手の名前を告げることで、相手の職業を奪い、己のものとする。
奪った職業のスキルは、己のものとして使える。
奪われた人間が死ぬと宝石は砕ける。
使用済み：マ物使い：LV6

職奪の宝石っ⁉

しかも、マ物使いって、俺たちを襲ってきた新進気鋭の冒険者の奴じゃないか。

そんなものを取り出して、どうするんだ？

「本の間に魔物を封印し、召喚して使役することができる、マ物使いという職業があってね」

本の間に魔物を封印？

マ物使いの懐の中から蛇が飛び出してきたことがあったけれど、あれは服の中に手帳サイズの本を忍ばせていたのか。

「それがあれば、こんなこともできる――」

その瞬間、本の中から四体の金属人形――ゴーレムが現れた。

「こんなゴーレム、足止めにしかならないぞ」

俺はそう言って、金属人形を蹴飛ばした。

「足止めできれば十分さ！」

男はそう言って、俺のハンカチとハルのスカーフを掲げた。

「呪術発動！　狂乱化の呪い」

ふたつの職奪の宝石が砕け、黒い光が浮かび上がり、まるで俺とハルの影のような形を作って消えた。

ふたり同時に呪いをかけるって、呪術にクールタイムはないのか。

俺とハル、ふたりが持っていた身代わり人形が、音を立てて弾け飛んだ。

呪いをかけようとしたのか。

「身代わり人形だとっ⁉」

「残念だったな。呪術師の家に潜り込むのに、身代わり人形くらい用意しているさ」

男は苦虫を噛み潰したような顔になり、奥の部屋へと向かう。

「逃がしてたまるか」

俺はそう言って、最後のゴーレムの右肩部分を切り落とした。

もう少しで道が開ける。

マネキンだらけの部屋に逃げ込んだ男だったが、裏口はないようだ。

袋の鼠だ。

ここでもゴーレムが二体、俺を待ち構えていた。

「くっ、最後のひとつだが仕方がない。呪術発動、狂乱化の呪い」

さらに影が現れ、ハルの形を作って消えた。

「ディスペル」

ゴーレムの攻撃を素手で受け止めながら、即座にハルを治療、解呪する。

「それで最後のひとつだったよな？　バカな奴だ、俺が治療できることくらい、わかっているだろ」

俺はそう言って、最後のゴーレムを切り倒す。

「わかっていないのはお前のほうだ。呪術と違い魔術にはクールタイムがある。そして、職奪の宝石がなくとも、呪術は発動できるのさ！」

男が不敵な笑みを浮かべた。

「狂乱化の呪い——ごぼっ」

鬼術師の吐血とともに、発動した黒い光が俺の形を作った。

しまった——

男の職業が【鬼術師：ＬＶ１】になっている。

自分のレベルを犠牲にして呪いを発動させ、それでもなお呪術の効果で苦しんでいるのか。ハルが剣を構えて男に飛びかかる——が、突如としてマネキンが襲いかかってきた。

しまった、このマネキンもゴーレムだったのか。

「世界に救済を——」

男がそう言った。

呪術が発動する——俺が狂戦士になってしまう。

もう終わりだ。


「……で？」

俺はそう、ほくそ笑んだ。

終わったのは俺じゃない、男のほうだった。

「なんだと？　なぜだ……」

顔を歪ませる男に、俺は苦笑して言った。

「日雇い労働者のプライドってやつかな?」

焦った、マジで焦った。

狂乱化の呪い、発動したと思ったよ。

でも、

【職業安定所スキル使用中につき、第一職業は変更できません】

ってメッセージが表示されたんだ。

本当に危なかったよ。

「日雇い労働者……意味がわから……」

そう言って、鬼術師は倒れた。

【イチノジョウのレベルが上がった】

【司書スキル:自伝作成を取得した】

ゴーレムの分の経験値が入ったようだ。

男を職業鑑定で調べても、職業とレベルがわからなくなった。

死んだのだろう。

そのとき、鬼術師の姿が変わっていった。

頭に角が生え、肌の色も褐色になっていく。

まさか、第二ラウンドか? と身構えたが。変身したのではなく、死んだことで変身が解けただけらしい。

鬼術師の腕を調べたら、特徴的な腕輪があった。

変化の腕輪
己が望む姿に変わることができる腕輪。
体積は変えることができない。

かつて、ゴーツロッキーで鬼族が女王に化けていたときに使っていた腕輪と同じものだ。とりあえず、これは回収しておくか。

そのあと、俺はディスペルで自分にかかった呪いを解呪して、店の中を見て回った。店の奥で、さっきまでの鬼術師と同じ顔の、人間の死体を見つけた。

どうやら、本物の洗濯屋をすでに殺し、彼に化けていたのだろう。

ほかにめぼしい手がかりはなかったので、俺は衛兵を呼んだ。

「これで全部解決したのだろうか？」

俺は、そう呟いた。

幕間　大聖堂からの脱出

ジョフレとエリーズの前に現れた老婆——ミレミアが、ケンタウロスの元飼い主だと名乗った。

ジョフレとエリーズは顔を見合わせて頷く。

「嘘だな」

「嘘だね」

ふたりは、ミレミアの話を嘘だと断定した。

それを聞いて、ミレミアは困惑する様子もなく、笑顔で尋ねた。

「どうしてそう思うの？」

彼女の問いに、ふたりは謎解きの答えを語り合うように、楽しそうに言った。

「いや、俺もエリーズも、ケンタウロスのもともとの飼い主が婆ちゃんなのかどうかはわからないけれどさ——でも、ずっとここに監禁されていたっていうのは嘘だろ？」

「だって、お婆ちゃん、さっき私たちの後ろにいたよね。どうやって先回りしたかは、わからないけど」

ジョフレとエリーズがそう言うと、ミレミアは驚いて目を見開いた。

「気付いていたの？」

「当然だろ。そもそも、あれだけの人数で動かれて、気付かないはずがないだろ」

「私が扉を開けたとき、『ありがとう』って言ったよね？」

「あれが聞こえていたの――そう、道中の不思議な会話は、全部演技だったっていうわけね」

「『演技？』」

ジョフレとエリーズは首を傾げた。

ふたりは、尾行されていることには気付いていたが、だからといって、なにか特別な演技をした覚えはない。

いつも通り過ごしていた。

「でも、信じてくれるかしら？　私がこの子のもともとの飼い主だったことは本当だし、ここに監禁されていたことも本当よ。ずっと――というのは嘘だけどね」

「なんだ、そうなのか。でも、いまのケンタウロスの飼い主は俺たちだぞ」

「うん。ガリソンから買った名馬だもんね」

ジョフレとエリーズがケンタウロスの所有権を主張したそのとき、ふたりが入ってきた扉から、先ほどまでジョフレたちを尾行していた、フードを被った数人の者たちがやってくる。

「無理やり奪おうっていうのか？」

ジョフレが不敵な笑みを浮かべて剣を構え、エリーズも鞭を構えた。

「いいえ、違うわ。彼らはここの牢獄に無実の罪で囚われている、悪魔族の救出にやってきたのよ」

ミレミアがそう言うと、彼らは牢の扉をいとも簡単に開けて、地下牢中に散っていった。

ただひとり、ミレミアと一緒に残った人間を除き。

「はぁ……これで俺も、脱獄幇助の仲間入りか……」

その声を聞いて、ジョフレとエリーズは先ほどよりも驚いた。

彼らにとって、その声はとても懐かしいものだったから。

「なぁ、あんた——もしかして」

ジョフレが尋ねると、ひとり残った男はフードを外して顔を見せた。

「よぉ、久しぶりだな。ジョフレ、エリーズ」

「「ガリソン！」」

そう。そこにいたのは、ふたりとかつて一緒にパーティを組んでいた牧場主——ガリソンだったのだ。

「なんでお前がここにいるんだ？」

「牧場をクビになったの？」

「俺の牧場だ！　クビになってたまるかっ！」

ガリソンが叫んだが、

「三人とも静かに——ここが敵地だって忘れないように」

とミレミアに釘を刺され、やりにくそうに頭を掻いた。

「ああ、いろいろあって、俺の雇い主に悪魔族を助けるように言われて、西大陸の迷宮にある秘密の転移陣を使ってやってきたんだ。ただ、魔王が作った厄介な扉のせいで困っていたら、お前らがどうやったのか扉を開けてな——そのあとは尾行させてもらったんだよ。お前らの目的もわからなかったしな」

「そうなんだ。じゃあ、また一緒に冒険できるな」

「私たち、勇者とモンスターマスターになったんだよ！　すぐにもとに戻っちゃったけど、それからも強くなってね」

「あぁ、なるほどなるほど。自分たちが勇者とモンスターマスターになったと勘違いして、その勘違いのもとを失って、もとに戻ったと思って、それでもレベルを上げて強くなったのか。頑張ったんだな」

ガリソンがヤケクソ気味に言った。

そして、それはズバリ的を射ていた。伊達にジョフレとエリーズと、最も長くパーティを組んでいない。

その間にも、先ほど散っていた者たちが悪魔族を連れて戻ってきた。

悪魔族たちは現状を呑み込めない様子だが、このままでは最悪死罪になることも覚悟していたので、彼らに従って秘密の抜け道から脱出していく。

「ジョフレ、エリーズ。お前たちも来い」

「どこに？」

「誰のところに？」

「本物の勇者――アレッシオのところだよ」

ジョフレとエリーズは顔を見合わせると、特に考えることもなく頷いた。

「そこでなにをしているっ！」

そのとき、見張りに気付かれた。ジョフレとエリーズは完全に顔を見られたが、ふたりは勇者に久しぶりに会えることを喜び、秘密の抜け道を戻っていったのだった。

第四話　束の間の休息

魔法捜査研究所員の調査により、洗濯屋に化けていた鬼術師が、今回の呪いの犯人だと断定された。

砕けた職奪の宝石や、死後一週間以上経過している洗濯屋の死体もそうだが、なにより市の職員の制服の中から、使用済みの札が見つかったことが決め手だった。

俺は翌朝、副市長さんに呼び出され、役所に向かった。

彼氏募集中のミドレーさんに案内され、応接間で待機する。テーブルの上には、相変わらず例の砂糖菓子が置かれていた。俺が食べた分は補充されていた。

もらってもいいようなので、とりあえず一個だけアイテムバッグに入れておく。

そのまま食べるには甘すぎるけれど、菓子作りの素材にはちょうどよさそうだ。

しばらくして、副市長さんと秘書のフェリーチェさんがやってきた。

「ありがとうございます、イチノジョウ殿。あなたは私が見込んだ通りの男です」

入ってくるなり、フェリーチェさんが顔を赤らめ、俺の手を握る。

狂乱化の呪いが発動しそうになったときに勝る恐怖が、俺を襲った。

特になにかされているわけではないので、振りほどいて逃げるわけにもいかない。

俺は嫌な汗が出るのを感じながら、副市長さんに尋ねた。

「そ……それで、包囲は解かれそうですか？」

「呪術師が死んだことは、すでに国王軍に知らせました。証拠を確認したうえで、三日以内に包囲を解除するということです。もう、職員が市民たちに伝達していますし、国王軍から食料が市内に運び込まれているので、事態はようやく解決に繋がるでしょう」

「そうですか、それはよかったです」

「ええ、本当に。国王軍の行動はいささかやりすぎかと思いましたが、憎き鬼族が元凶だったのならば、仕方がないことですからね。鬼族は、世界各地でテロとも取れる問題ばかり起こす、憎き種族です」

「そうなのですか」

「ええ。緘口令が敷かれているので、一部の人間しか知らないことですが。残る問題として、通信札を見つければ完璧ですね」

「通信札ならあったのでは？」

確か、洗濯屋では書きかけの通信札が見つかったはずだ。

「イチノジョウ殿もご存知かと思いますが、通信札は通話札と同様二枚一組で、音声を一方的に通話するのが通信札、音声を相互に繋げるのが通話札です。洗濯屋にあったのは通信札の音声を受信するだけのもので、送信する側の札がどこにも見つからなかったのです」

送信する札がどこにもなかった？

それって、別のどこかに隠しているか、もしくは共犯者がいるってことじゃないのか。

俺が不安に思うと、副市長は柔和な笑みを浮かべて言った。

「なに、我々が徹底的に調査をしています。ご安心ください」

「そうですか――では、私はこれで失礼します」

「そうですか。フェリーチェ君、彼を送ってくれたまえ」

「畏まりました、副市長」

「いえ、遠慮します」

俺は即答で断った。

「そうはいきません。イチノジョウ殿はいまや、この町の英雄。その英雄が、役所からの帰り道になにかあれば、私の次期市長の夢が……ごほん、万が一のことがあったら困りますから」

強制らしい。

断る理由も見つからず、俺はため息をついた。


俺は、鈴木の家まで送られることになった。

フェリーチェさんがなにかしてくるということはない。きっちり、三歩後ろをついてくる。でも、後ろにいられるのは怖い。

じっと俺を見詰めているのがわかり、先ほどから鳥肌が止まらない。

なんなんだ、この展開は。

これなら、カネーシャやクイーンスパイダーと戦っているほうが、まだマシだ。

そういえば、フェリーチェさんと腕を組めばミルキーが現れるんじゃないか？　って、キャロが冗談で言っていた気がするが、さすがに冗談……だよな?

「あ……そうだ、思い出した。これ、フェリーチェさんのですよね?」

俺はそう言って、アイテムバッグからミルキーの本を取り出した。

中身をチェックしたけれど、ミリからの伝言らしきものは特になかった。いちおう複写しておいたので、返すことにした。

「あ、それは——洗濯屋に鞄を預けたときに、内ポケットに入れたままになっていたんですね」

フェリーチェさんは本を受け取り、

「これは騒ぎが起こる前、ひとりの桃色の髪の少女から『あなたには素質がある』と言われて手渡された本でして、私に恋愛の在り方を教えてくれた聖典(バイブル)なのですよ」

それって、絶対にミルキーじゃねぇか。

あいつ、なにやっているんだよ、マジで。

「ありがとうございます、イチノジョウ殿!」

フェリーチェさんはそう言って、俺の両手を握った。

近い近い、顔が近い。


「——尊い」

声とともに、誰かが倒れる音が聞こえてきた。

振り返ると、桃色の髪の少女、ミルキーが鼻血を出して倒れていた。

血文字で地面に、『私に紙とペンを』と書いている。

現れたよ、本当に！

これまでの苦労は、いったいなんだったんだよ。

お陰で、呪術師の居場所の特定はできたんだけど。

「あなたは師匠――っ⁉　危ない、下がってください、イチノジョウ殿！　突然鼻血を出して倒れるとは、なにかの病気に感染しているかもしれません。移る可能性があります」

「あぁ、大丈夫です。こういう人なんで」

「大丈夫ではありませんっ！　安心してください、あなたのことは、私が命にかけても守ります」

「本当に大丈夫だから。むしろ、そんなことを言ったら悪化する奴だから」

さっきから、ミルキーの鼻血が止まらない。

ダメだ。このままこいつと一緒に居続けたら、ミルキーから話を聞く前に、彼女が出血多量で死んでしまう。

俺は彼女を背負うと、

「悪い、ちょっと用事ができたから――」

「あ、お待ちください、イチノジョウ殿」

フェリーチェさんが呼び止めるのも聞かず、俺は全力で走った。

「イチノジョウ殿ぉぉぉぉっ！」

背後から聞こえるフェリーチェさんの声に、恐怖を感じながら。

「ラナさん、帰りました。すみません、部屋の用意をお願いします」

「はい。お客様が恋人以外の女性を連れ込んだときのマニュアルは――」

ラナさんが、なにかよからぬことを言い出した。

そんなんじゃない。

「あ、あの、部屋を用意してくれるだけでいいです」

「畏まりました。すぐに部屋を用意します」

ピンク色の走馬灯のような照明、大きめの布団が敷かれて枕がふたつ。

あのお手伝いさん、いったいどんなマニュアルを製作しているんだよ。

とりあえず、ミルキーを布団に寝かせた。

そのときミルキーが目を覚まし、周囲の状況を確認すると、上半身を起こして後ずさった。

「……その……なにを……もう、されたあと？」

ミルキーの顔に、哀しみの表情が浮かぶ。

「違う違う。変なことをするつもりはないし、なにもしていない」

こういうときだけ普通の女の子の反応をするなよ、調子が狂う。

「ああ。こうしてふたりで話すのは、初めてだったよな」

俺がそう言うと、ミルキーは無言で二度頷いた。

まだ俺のことを信用していない。

くそっ、やりにくい。

とりあえず、ピンク色の照明は消して、ふすまを開け、外からの光を取り込む。

「お前が倒れたから、ここまで連れてきたんだよ」

「邪魔してすみません」

むしろ救われたんだけど。

「ミリって知っているか？　あぁ、ミリュウって名乗っていたかもしれないが」

「はい、知っています。飛空艇の中でお話をしました」

「ミリがな、お前の本を買うようにって、俺にメッセージを残したんだ。どういうことかわかるか？」

「私の本を買う？」

ミルキーは首を傾げながらも、鞄から一冊の本を取り出した。

「ミリさんから頼まれていたのは、この本です」

彼女は俺に、本を見せた。

「それを売ってくれないか？」

「ミリさんから、銀貨十枚で売れると伺っています。全年齢対応の本なので、キャロルさんに見せても大丈夫ですよ」

「わかった。これでいいな？」

俺は銀貨十枚を渡して本を受け取ったが、おかしなことに、それはフェリーチェが持っていたのと同じ本だった。

なんでミリは、こんな本を俺に買わせようとしたんだ？

「そういえば、フリオとスッチーノもこの町にいるのか？」

「いえ、ふたりは飛空艇です。私は同人誌の即売会に参加したかったので……魔法街に借りている倉庫で、本と一緒に寝泊まりをしています」

あぁ、魔法街に本を保管していたのか。

あのまま洗濯屋で本の反応がなければ、ミルキーを発見できたということか。

「で、ミルキーのほかの本はどこにあるんだ？」

「興味があるのですかっ⁉」

「ない、断じて」

俺は即答した。

「今回描き上げたのはその本だけなので、内容はほとんど同じです」

「ほとんど？　違うところもあるのか？」

「その本は見本刷りでして。そのあと、いくつか修正を加えたものが商品なんです」

「そうなのか」

それでも、やはりミリがこれを買わせようとした意図がわからない。

「……じゃあ、飛空艇はミリとダイジロウさん、あとフリオとスッチーノが乗っているのか？」

「ほかにも、職員が何人か乗り込んでいるようです。昔、高級レストランで修行していたというシェフとか、腕のいいマッサージ師、医者、音楽家、バーテンダーなど」

「どこの高級クルーズ船だよ」

ミリの奴、まさかお酒を飲んだりしていないよな？

前世が魔王だろうと、体は中学生なんだぞ。

「で、飛空艇がどこに向かったかはわかるか？」

「詳しくは聞いていません。ただ、ミリさんが航路計画を見て、東大陸のウィブル湖を指さしていたのは覚えています」

「東大陸のウィブル湖？」

「はい、水の大精霊がどうとか言っていました」

水の大精霊……日本人のファンタジー知識なら、ウィンディーネかな？

火の大精霊のサラマンダーがいるくらいだし、ウィンディーネがどこかに封印されていても、おかしくはない。


とりあえず、この町ですることはこれで終わった。

通信札のことや魔物の異常発生の件も残っているが、国王軍の包囲網が解かれたら、まずは悪魔族についての情報収集をしないとな。

俺がそう思いながら廊下を歩いていると、

「楠君っ！　大変だっ！」

　また大変な出来事を持って、鈴木が現れた。

「なんだ、鈴木」

「冒険者ギルドの通信機能が回復して、外からの情報が入ってくるようになったんだけど、そのなかに犯罪者の指名手配情報があって——ジョフレ君とエリーズさんが指名手配されたんだ」

「またかよっ！」

　あいつら、以前にも同じことがあったよな。

　ミレミアと名乗っていた半吸血鬼（ヴァンパイアハーフ）をおびき出すために、教会が一芝居打ったんだった。

「また？」

「あぁ、以前、勘違いで指名手配されたことがあったんだ。まぁ、いいじゃないか。どうせなにかの勘違いだろ？　むしろ指名手配情報が出るってことは、あいつらが元気な証拠——」

「そんな呑気なことを言っている場合じゃないよ。ジョフレ君とエリーズさんが、秘密の抜け道から大聖堂に忍び込んで、囚われている悪魔族を脱走させて姿を消したんだ」

「なんだってっ⁉」

　あまりの予想外の展開に、俺は驚きを隠せない。

　フルートが諦め、俺が絶対にできないと思っていたことを、あのバカふたりがやってのけたのか？

「なにかの間違いだろ？」

「間違いで十万センスの賞金首になるとは思えないよ。僕もさっきまで取り調べを受けていたんだ。一緒に町に入った情報があったから。楠君の事情も話しておいたから、君が呼び出されることはないと思うけど」

鈴木から二枚の手配書が渡された。

それらは、かつてフェルイトの国境町で使われた手配書の使い回しだったが、額が十万センスと大きく異なった。

「どうするんだよ、こんな大事にしてしまって」

相変わらず想像もつかない行動をしているあいつらに向かって、俺は届かぬ声でそう呟いたのだった。


俺、ハル、キャロの三人は、マイワールドに戻った。

マイワールドではすでに、マレイグルリの狂乱化の呪いの事件が解決したことが知らされ、今日は祝勝会が開かれることになった。

役所の職員たちはまだ、家に帰る暇もないくらいに働いているし、行商人たちも町から外に出られないので、祝勝会を開くには少し早い気もするが、言い出したダークエルフたちの厚意に甘えることにした。

準備をしている間、俺は教会に向かった。

フルートに事情を報告しないわけにはいかないからだ。

教会の中では、フルートがひとりで室内の清掃を行っていた。

「ん？　あぁ、待ってくれ。もう少しで掃除が終わるからさ」

フルートが俺を確認すると、乾いた布で椅子を拭く作業に戻った。

「あ……うん。手伝おうか？　魔法を使えばすぐに終わるぞ」

「これは私の仕事だから、いいよ。贖罪者の経験値にもなるからね」

俺は邪魔にならない場所で、彼女の掃除が終わるのを、黙って待つことにした。

待つこと五分。俺は教会の長椅子で、フルートが淹れてくれた緑茶を飲んでいた。ちょっと温いけれど、しっかり味が出ている。

「それで、私になんか用事かい？」

「ああ。教会に捕まっていた悪魔族のことで、進展があったんだ」

俺はそう言って、フルートに鈴木から聞いたことを告げた。

「悪魔族が全員地下に脱出？　イチノジョウの友達が手引きして？」

「友達っていうか、知り合いなんだが。もとはといえば、俺がケンタウロスをけしかけたのが原因かもしれん。すまん」

俺はそう言って頭を下げた。

「なんで謝るのさ。むしろ感謝したいくらいだよ」

「でも、これで悪魔族は、完全に脱獄犯扱いだろ？」

「大聖堂の地下の秘密通路っていうのは、魔王城時代の名残でね。本当にさまざまな場所に通じているんだ。一度そこに逃げられたら、捕まることはない。あとは姿を隠して、どこか教会の手の届かないところで過ごすって。もともと、私たち悪魔族は、どこかに隠れ住むのが得意な種族なんだからな」

　俺の予想に反し、フルートはむしろジョフレたちに感謝すらしている感じだった。それでいいのか？

「でも、脱獄なんてして、犯罪職になっていないか？」

「悪魔族だからという理由だけで投獄するほうが不当逮捕なんだし、きっとメティアス様が守ってくださるよ」

「メティアス様？」

　なんでここでメティアス様の名前が出てくるんだ？

　そう思って尋ねたのだが、フルートは俺がメティアス様について知らないと思ったらしく、説明を始めた。

「皆には知られていない七柱目の女神様で、運命の女神って呼ばれているんだよ。私たち悪魔族は、メティアス様を信仰しているんだ。そのせいで教会には昔から目を付けられていて、魔王様の庇護下に入る前は、ロクな生活もできなかった。町の中に入るとバレる恐れがあるから、遊牧民として生活している一族もいたし、旅人も多かったな」

「なんで、メティアス様を信仰したらダメなんだ？　女神テト様から聞いた話だと、立派な女神様だったと思うんだが」

「メティアス様を知っているのか？　それに、女神テトと会ったなんて、おかしなことを言うんだな……あぁ、でもこんなおかしな空間を作っているくらいだし、あながち嘘じゃないのかも」

「あぁ、嘘じゃないよ。ライブラ様とかトレールール様とかミネルヴァ様は、直接ここに訪れたことがあるくらいだし」

フルートは八重歯を見せて笑った。

「女神が立ち寄る場所か。凄い話だね」

「なんで教会がメティアス様を神と認めないのか——一説によると、ほかの女神から教会に啓示があったともいわれているけれど、詳しくは私にもわからないよ」

「そういえば、贖罪者のレベルが上がっているみたいだけど、なにか特別なことをしているのか？」

「ああ。贖罪者が魔物を倒す以外に経験値を貯める方法は、まっとうな仕事をして人々に感謝されることだからな。これでも私、バリバリに働いているんだ」

フルートがそう言ったとき、教会の扉が開き、数人のダークエルフが入ってきた。

彼女たちは俺を見つけるなり、大喜びをした。

「イチノジョウ様。これから私たち、歌の練習をするんです」

「よかったら聞いていってください」

「フルートさんがオルガンを演奏してくれて、皆で練習しているんですよ」

教会には、いちおうオルガンも置かれている。ミリが持ち込んだのではなく、ピオニアが自作したもので、調律も彼女が行っている。

最近、船を作る用事がなくなった彼女にとって、造船に続く、やりがいのある作業だったらしい。

本当に万能なホムンクルスだ。

フルートがオルガンの前に置かれている椅子に座ると、ダークエルフたちも一列に並んだ。

フルートが長い音を出すと、それに合わせてダークエルフたちが『あー』と、音程を合わせるように声を出した。

そして、歌が始まる。

歌詞の内容は、どうやら太陽と水と大地に感謝するものだった。ダークエルフたちの、黄金樹に対する賛美歌のようにも思える。

歌は五分ほど続き、全員で頭を下げて終わった。

俺は拍手で、彼女たちの演奏を褒め称える。

「綺麗な歌声だったよ」

「「ありがとうございます、イチノジョウ様」」

彼女たちは声を揃えて俺に礼をいい、褒められたことを喜び合っている様子だった。

俺は、オルガンの前の椅子に座ったままのフルートにも声をかける。

「オルガンの演奏、上手かったんだな」

「ありがとね。昔、教会で何度か弾かせてもらったことがあるんだよ」

なるほど、これが彼女のここでの仕事というわけか。

娯楽の少ないこの世界では、音楽はいいストレス解消になる。

もうひとつの娯楽であるポータブルＤＶＤプレイヤーは、どこかの機械人間（サイボーグ）が占有しているからな。

「次はシーナ三号の番デス。ニャーピースのオープニングメドレーを希望するデス」

その、機械人間(サイボーグ)ことシーナ三号がいつの間にか現れ、フルートに曲のリクエストをした。

「ああ、わかったよ」

フルートのピアノの演奏に合わせて、シーナ三号が歌を熱唱する。

どうやら俺の知らない間に、教会での音楽が、このマイワールドの娯楽のひとつとして定着してきているようだ。

カラオケＢＯＸみたいな使い方は教会としてどうかと思うけれど、全員楽しそうだし、いいとするか。

「イチノジョウ様、聞いてください。私、ダークエルフの弓術精度十六人に入れたんです」

ダークエルフのひとり、ルルリナが言った。

「弓術精度十六人？」

「ダークエルフの弓術訓練は、威力訓練、精度訓練、障害訓練の三つに分かれています」

「威力訓練は矢の威力の強化、精度訓練は止まった遠くの的への攻撃、障害訓練は動く的や死角からの射撃など、特殊な環境下での弓術訓練を行い、順位づけを行っています」

「ルルリナちゃんは昨日の訓練で、その十六番目についたんです」

俺の問いに、ダークエルフたちが矢継ぎ早に説明してくれた。

「えへへ。精度だけ集中的に練習したから、威力と障害はまだまだなんですが。いまの私なら、三百メートルくらい離れたゴブリンの眉間だって貫けますよ」

「凄いな――ちなみに、一位ってやっぱり」

「はい、ララエル様です」

やっぱりそうか。

まぁ、族長をしているくらいだし、彼女の弓の技術は俺も見たが、凄いものがあった。

「ララエル様の弓の威力は岩をも砕き、一キロ先の獲物をも貫き、死角にいる敵すらも一撃で仕留めるんですから」

死角の敵を一撃か。

そう言われて、俺はふと思い付いた。

「その障害訓練なんだけど、もしも、鏃に糸を括り付け、死角どころか矢では絶対に当てられない場所にいる敵を攻撃する――みたいなことができる奴がいたら、何位くらいになる？」

「そんな人がいるんですか？」

「いたら、絶対にランキング一位になっていますよ」

「一位どころか、ダークエルフの間で口伝で語り継がれる殿堂入りだよね」

そうか。一位、殿堂入りか。

早く合流しろ、真里菜。

お前、ここに来たら英雄になるぞ。

俺がそう思っていたら、シーナ三号の熱唱が終わっていた。

ちなみに、彼女の歌は本物のオープニングを完コピしすぎて、物まねの域を超えていた。これが本物のカラオケで歌っていたら、本人が歌っているどころか、CDを流しているのと勘違いされるレベルだ。

「次は、ニャーピースのエンディングテーマを所望するデス！」

「まだ歌うのか――って、私、その曲は知らないぞ。シーナ、お前、エンディングと次回予告は、いつもスキップしてるだろ」

「次回予告はネタバレデスから。それなら、いまから流すから覚えるデス、後輩！」

どうやらシーナ三号にとって、フルートの呼び名は後輩になったようだ。

フルートはやれやれと言いながらも、教会の最前列の長椅子で、シーナ三号と一緒にニャーピースのエンディングを見始めた。

「なぁ、シーナ。このエンディングに流れている文字、音声翻訳と文字翻訳の部分がお前の文字になっているんだが、どういうことだ？」

「このDVDは、マスターの故郷の文字と言語が使われていたのデス。このままでは後輩が見られないので、シーナ三号が内容を書き換えたのデス」

「よくわからないけど、凄いことをしているんだな」

「先輩は凄いのデス」

「もう一回流してくれ、やっぱり一回じゃ譜面に起こせないって」

「譜面ならシーナ三号がすでに用意しているから、それを使えばいいデス」

「持っているなら先に言えよ」

あのふたり、かなり仲がよさそうだ。

というか、どうやったか知らないが、俺のＤＶＤの中身を勝手に書き換えるなよ。

それＤＶＤ－Ｒだから、書き換えるのは無理なはずなのに。

「マスター。フルートの奴、楽しそうにしてるだろ？」

シーナ三号と同じように、いつの間にか現れたニーテが俺に言った。

「楽しそうというか、少し羽目を外しすぎな気がするよ。本来、教会ってそんな場所じゃないだろ」

教会ではさっきから、エンディングシーンが何種類も放送されている。

「女神様が見ても怒りはしないよ。シーナ三号とも波長が合うみたいで、今朝もふたりでＤＶＤ鑑賞をしていたみたいだし」

「お前とも波長が合うんじゃないか？　喋り方も似ているし、いい友達になれると思うぞ」

「あたしはダメだよ」

ニーテは首を横に振って言った。

「どうしても、心のどこかでわかっているんだよ。波長が合うんじゃなくて、あたしが合わせることは可能だけどさ。それってやっぱり、友情とはどこか違うんだと思う」

「わからないけれど、いまのお前の性格は、お前の魂のものじゃないのか？」

「いいや。あたしのこの性格は、マスターの望みによるものだよ。最初、ホムンクルスと聞いたとき、マスターはホムンクルスのことを、命令を聞く人形のように思っていたんだろ？」

あぁ、そうトレールール様に教わった。

ロボットだとか動く人形みたいな感じに言われたのを思い出す。

「だからピオニア姉さんの性格は、マスターが望んだ通り、あまり感情が表に出ない引きこもりになったんだ。それで、ピオニア姉さんみたいなホムンクルスより、もっとわかりやすいホムンクルスがいいってマスターが望んだから、あたしのような裏表のないホムンクルスが生まれたってわけさ」

「俺の望み……俺、そんなスケベなホムンクルスを望んだ覚えはないけどな」

「本当に？　心のどこかで望んでないか？」

そう言われたら、自信がなくなってくる。

俺は話を変えることにした。

「でも、偽者って……。それをいったらシーナ三号は半分機械だぞ」

「シーナ三号の場合、体は機械でも魂は本物だろ？　自然に宿ったものだ。でも、あたしやピオニア姉さんの魂は、テト様が作った仮初めのものに過ぎないからさ。たぶん、テト様が命令をしたら、あたしはマスターも裏切っちまう。そのくらいわかっているさ」

「お前、そんなことを考えていたのかよ。似合わないぞ？」

「なんだよ、マスター。あたしの愛が仮の存在だって知って、ショックじゃないのかよ」

「愛の話なんてしてないだろうがっ！」

俺がホムンクルスに、こんなバカなことを言わせたいと望んだなんて思えない。

きっと、全部ニーテの冗談だろう。

「マスター、食事の準備ができました」

ちょうど夕食の用意ができたようだ。

俺たちはログハウス前の広場に向かった。

マイワールドでの全員揃っての食事は、基本的に屋外で行われる。

ここには全員が入れるような施設は、いまだに造船ドックぐらいしかない。その造船ドックも、いまはピオニアが自作した楽器の部品であふれていて、落ち着いて食事ができる環境ではないからだ。

「今日は凄い料理だな」

なんと、今日のメインディッシュは釜揚げシラス丼だった。この世界に来て食べるのは初めてだ。ほかにも、野菜や魚の天ぷらが並んでいる。

「デイジマで仕入れた魚が卵を生んで、一カ月になります。マイワールドにはこの小魚の天敵が存在しないため、ある程度間引く必要がありました」

ジュエルタートルは入江で養殖しているため、それ以外の海では小魚の天敵が存在しない。なので、植物プランクトンを食べて増殖し続ける。

「マスターには、こちらを用意しております」

「お、生シラス丼かっ⁉　ピオニア、わかっているじゃないか」

江の島に来た気分だ。

「イチノジョウ様、本当に火を通さずに召し上がるのですか？」

ララエルが心配そうに尋ねた。

「ああ、生シラス丼は新鮮じゃないと食べられないからな。俺たち日本人にとっては、贅沢な品なんだよ」

「ピオニアさん、キャロもイチノ様と同じものをお願いします」

「私も、ご主人様と同じナマシラスドン？　をお願いします」

キャロとハルが俺に合わせた。

「マスター、これを浄化（クリーン）してください」

「これって、卵黄か？」

「肯定します。食中毒には注意していますし、菌の繁殖は確認できませんでしたが、必要だと判断しました」

「わかった」

俺が卵黄に浄化（クリーン）をかけると、ピオニアは俺の丼の上に、その卵黄を落とした。

黒い鶏は週に一度くらいしか卵を生まないらしく、とてもではないが全員分用意できなかったらしい。少し悪い気もするが、好意は受け取っておこう。

こうして、俺、ハル、キャロ、ホムンクルス、ダークエルフ、フルート、全員揃ってのシラス丼実食会が始まった。

ちなみに、ナナワットは俺たちが食べ始める前に、バケツ一杯のシラスを豪快に食べている。贅沢なデザートランナーだ。

フユンは馬なのでこのパーティには参加せず、草を食べている。

「うん、美味い！　生姜で生臭さが消えて……これはわさび醤油を使っているのか？」

「肯定します。マスターが以前、ヨミズキで取ってきた葉わさびを使っています」

「醤油はあたしが作ったんだぜ」

「日本の醤油じゃなかったのか」

驚くことに、今回の和食はすべて、マイワールドで取れたもの、作られたものでできているらしい。ここまでいろいろなものを作れるようになったのか。

「生シラスが舌の上で溶けていきます……んー独特な食感ですね」

「あまり歯応えが感じられません」

キャロとハルには少し不評のようだ。

「この、ときどきカリっとする食感はなんでしょうか？　この食感は好きですね」

「シラスの目でしょう」

キャロがハルの感じた食感の正体を言い当てた。

ハルは表情を変えないが、尻尾がなにか複雑そうに動いている。

シラスの目の食感は好きだけど、目を食べているという事実は嫌だとか。

ふたりとも味ではなく、食感の話しかしないが。

ハル、キャロとは対照的に、釜揚げシラス丼を食べている皆は満足そうだ。

俺は、ご飯が半分、シラスが三分の二くらいなくなったところで、卵黄を潰して卵かけご飯風にして食べる。

なんという贅沢な、卵かけご飯だ。

「イチノジョウ様は、本当に卵も生で召し上がるのですね」

ララエルが驚いたように呟く。

卵を生で食べるのは、魚を生で食べること以上に珍しいらしい。

しかし、「ララエルも食べてみるか？」と誘いをかけてはいけない。

俺は気軽に誘ったつもりでも、ララエルにしてみれば命令と捉えるかもしれない。わかっている、自分にとって変なものを食べさせられるつらさを。

モンクロシャチホコという虫がいる。サクラケムシとも呼ばれる虫で、その名の通り、サクラの木に多く生息する毛虫なのだが、その名の通りというのは、もうひとつある。

食べたとき、サクラの香りがするのだ。

しかも、その食感はパリッとしたソーセージを食べているようで、あふれ出る肉汁はとてもジューシー。味だけならば最高らしい。

しかし、味が最高だからといって、人間には忌避する食事というものが存在する。

「おにい、食べてみてよ。モンクロシャチホコはこの時期には簡単に捕まえられるんだけど、昆虫食の専門家が認める、美味しい昆虫ベスト五に入るんだから」

なんて言われて勧められたが、だから、どうした？

ベスト五だろうとベスト一だろうと、食べたくないものは食べたくない。

コオロギやアリは何度も我慢して食べたことがあるが、毛虫はダメだ。

俺はなんとか、モンクロシャチホコだけは食べずに、これまで生きてこられた。

なにが言いたいかというと、俺にとってのモンクロシャチホコが、ララエルにとっての卵や魚の生食かもしれないということだ。

美味しいから、安全だから、ということではないのだ。

「どうなさったのですか？　イチノジョウ様」

「いや、昔、妹に毛虫を食べさせられそうになったことがあってな」

「ああ、美味しいですからね」

「そうそう、とても美味しいらし……え？」

あれ？　いまのララエルとの会話に、おかしな点があったような気がする。

「あぁ、美味しいですよね」

「黄金樹に付く害虫なので本当は憎い存在ですけれど、見つけたときは嬉しいです」

「マイワールドに来てから食べられないのが残念ですね」

ダークエルフたちは毛虫の味について、嬉しそうに語り合い出した。

「ララエル？　毛虫を食べていたのか？」

「はい。我々ダークエルフにとって、貴重なタンパク源ですから」

なんで、毛虫はオッケーで卵と魚の生食はダメなんだよ——とツッコミを入れたくなった。

「私も魔王様からいただいたことがあります」

「キャロは子供の頃に食べたことがあります。子供だったので抵抗はなかったですが、慣れていないと食べにくいかもしれませんね」

ハルとキャロまで食べたことがあるのか⁉

ミリの奴、前世でも虫を食べていたのか――いや、むしろ前世で虫を食べていたから、いまでも虫が好きなのか。

もしかして、毛虫が嫌いなのって、俺だけなのか？

そう思ったとき、フルートが苦笑いして呟いた。

「私は毛虫はイヤだな。生卵や生魚のほうがまだマシだよ」

いた！

毛虫嫌いの仲間が。

「そうか。じゃあフルートは、なにが好きなんだ？」

「私は山羊の血の炒め物だな」

仲間じゃなかった。

いや、山羊の血の炒め物――知っているよ。沖縄料理のなかでもマイナーなほうだけれども、売っている店もあるくらいだし。

でもさ、やっぱり血を食べるのって、どうかと思うよ。

俺、マグロの刺身にたまにある血合いだって、食べるの嫌なんだけど。

食材を美味しく食べたければ、血抜きは大事だよな。

「ハルは、一番好きなのは干し肉でいいんだよな？」

「干し肉に限らず、歯応えのある肉ですね」

「キャロが好きなのはなんだ？」

「一番好きなもの……と言われると、いささか困ってしまいますね。イチノ様にご馳走になった、玉子とカリカリベーコンのサンドイッチの味は、いまでも忘れられませんが」

ベラスラで買ったやつか。

うん、確かにあれは美味しかったよな。

「イチノ様が一番好きなのは、確かウナギでしたよね？」

「ああ、ウナギだな。マイワールドで養殖は……難しいよな。まぁ、稚魚が大量に手に入ったら、一度試しに放流してみるつもりだが」

ウナギの完全養殖は、近畿地方のどこかの大学が研究していたって聞いたことがある。

俺がこの世界に来てからまだ数カ月なので、研究がどこまで進展したのかはわからないけれど、近い未来、日本ではウナギが安く食べられるようになっているのだろうか？

食べ物の話を続けたせいで、皆の食欲はいつも以上だった。

俺は、夕食に満足すると先に席を立ち、皆のためになにか作れないかと思って、ログハウスに向かった。

そして、ログハウスから戻ってきたとき、女性陣はすでに食事を終えていた。

「釜揚げシラスのほうが美味しかったですね」

「はい。イチノ様には申し訳ありませんが、キャロは一度湯通ししたもののほうが、口に合っているようです」

ふたりとも、ドンブリ二杯目も食べたのか。

「もうお腹いっぱいです。なにも食べられそうにありません」

「私たちもこれ以上食べれば、訓練に支障が出かねませんね」

ダークエルフたちも、満足しているようだ。

「満足デス。エネルギー供給量百二十パーセントデス」

「本当だな。しばらく動きたくない。ピオニア姉さん、後片付けの前に少し休憩にしようぜ」

「肯定します。食後の急激な運動は、体への負担が大きいです」

本来、食事を必要としないホムンクルスたちなんだけど、食べ過ぎによる影響ってあるのだろうか？

「しまったな。スーギューのミルクと蜂蜜、氷魔法を組み合わせて、甘いアイスを作ってみたんだが、食べられないかな」

『甘いものは別ですっ！』

女性陣全員が声を揃えて言った。

「こんな冷たいデザートは生まれて初めてです。ご主人様、とても美味しいです」

「ミルクと蜂蜜の優しい甘さ。市場に流通すれば絶対に人気が出ます。これを流通させようとすれば、魔術師の人件費がネックですね。なんらかの方法で、安くミルクを凍らせられないでしょうか」

「これが、イチノジョウ様の世界のデザートなのですね。可能ならば、私も行ってみたいものです」

「シーナ三号お手製の果実ソースとアイスの組み合わせは無限大デス！　これぞ最強デス！」

「あ、シーナ三号。あたしにもその甘そうなソースを寄越せ」

「ニーテに同意します。独り占めはよくありません」


結局、毛虫が好きだったり、硬い肉が好きだったり、山羊の血が好きだったり、好みの違いはいろいろとあるけれど、女の子が甘い食べ物が好きだっていうのは、どの世界でも同じようだ。

閑話　変化の腕輪

その日、俺とハルはふたりきりで、マイワールドのログハウスにいた。

いつもと変わらない夜――マイワールドには昼や夜の概念は存在しないが――だったが、違うことがひとつ。

俺が腕輪をしているのだ。

変化の腕輪――洗濯屋に化けていた鬼術師が持っていたものだ。証拠品として押収されていたが、事件が終わり、報賞として俺がもらうことになった。

「ハル。じゃあ、試してみてもいいな」

「はい、構いません」

俺はハルの許可をもらい、変化の腕輪を使った。

その瞬間、体に変化が。

金属鏡で確認する――俺がハルの姿になっていた。

ただ、本物のハルよりは身長が高く、胸が小さい気がする。

体積は変えられないから、細部が微妙に異なるようだ。

でも、注意して見たら、やっと気付くくらいのレベルだ。

「凄いな、服まで変わって――おっ、声まで変わっている」

自分の口から自分以外の声が出るのって、凄く不思議な感覚だな。

「匂いまで変わっているのですね」

ハルが、俺の体に鼻を近付けて言った。

そういえば、さっきからいい匂いがするけれど、これってハルの匂いが、俺の体から発せられているということなのか？

次は胸とかも触ってみたいが、本人を目の前にして、そういう行為は控えることにした。

耳が頭の上にあるというのも変な気分だ。いつもと音が違って聞こえる。

頼めば許可してくれるのは、わかっているけれど。

ただし、聴力が増したとかいう感じはない。能力的な変化はないのだろう。

「尻尾があっても、動かし方が全然わからない」

スカートの中、さらにブルマや下着の向こうから出てきている尻尾を動かしてみようとする。

お尻に力を入れても、尻尾は微動だにしない。

なんとか動かそうと、俺は自分の尻尾を握った。

「うわっ」

全身に、電気のようなものが駆け巡った。

尻尾を掴まれるのって、こんな感覚なのか。

かなり敏感な場所なんだな。

これ以上尻尾を触るのはやめておこう。癖になったら困る。

腕輪を外すと、俺はもとの姿に戻った。

「次は私の番ですね」

「ああ、いいぞ」

ハルが腕輪を着ける。

すると、見る見るその体が変化していき、俺の姿になった。

鏡とはまた違う——左右逆ではないからだ——自分との対面には、違和感しかない。双子の兄か弟でもいたら、また感想は違ったのだろうが。

「これがご主人様の体ですか……尻尾がないのが変な感じです。動きにくいです」

「尻尾でバランスを取って歩いていたのか？」

「そういうことはないと思いますが」

俺の姿のハルはそう言うと、軽くジャンプして、その場でバク転をしてみせた。

俺なのにカッコいい。

「身体機能に大きな変化はないようですね」

「ステータスは変わらないからな」

「邪魔な胸がないぶん、慣れたらこちらのほうが動きやすそうです」

胸が膨らんでいる俺の姿を想像したら、少し気持ちが悪かった。

ただ、本物の俺より、いまのハルのほうが胸筋がある気がする。

それでも、これなら他人が見たら、どっちが本物かわからないんじゃないか？

少なくとも、俺が隠れて、俺の姿のハルだけがここにいたら気付かないだろう。

悪戯してみたい気持ちになるが、ハルを使って悪さはしたくない。

ハルに変身を解除してもらって、別の使い道がないかを考えた。

「人間以外にも変身できるのかな？」

たとえばスライムとか？

俺は腕輪を着けると、心の中でスライムに変化したいと願った。

すると、視界が落ちて、体の半分が粘液になった。

これがスライムの体か。

ただ、思った通りに動けないし、思ったものを見ることもできない。

立ち上がろうとするけれど、体が横に延びるだけだった。

そのうち、体から腕輪が外れ、もとの姿に戻ってしまった。

「んー、姿は化けられても動かし方がわからないな。ハルに化けても尻尾を動かせないみたいな感じか。この調子じゃ、大きな鳥に化けて空を飛ぶのも無理そうだな」

「大きな剣に変化するのはどうでしょう？」

「ステータスは変わらないから、強度に問題がある――いや、物攻値を限界まで上げた状態で大剣に変化したら、最強の剣になるかもしれないな。逆に物防値を上げれば、最強の鎧になるかもしれない」

鎧になって誰かに着てもらうのって、どんな感覚なのだろうか？

「鎧になって着てもらっているときに変身が解けたら、どうなるのでしょうか？」

「……想像したら、大惨事しか思い浮かばないな」

鎧になって着てもらう案は却下だ。そもそも、体積や体重は変わらないんだから、普通に変身したら分厚い鎧になって、動きづらいだろう。

結局のところ、遊び程度の使い道しかないわけか。

「ご主人様が望まれるのであれば、私がご主人様の理想の姿に変身することも可能です」

ハルが嬉しいことを言ってくれるけれど、それは意味がないんだよな。

「いや。俺の理想はいまのハルの姿だから、変身の意味がないんだよな」

初めて出会ったときに一目惚れして、理想の女性だって思ったからな。

いまのところ、ハル以上の理想となると、ベクトルを変えるくらいしかできない。

「…………」

ん？　やば、なんか変なことを言ったか？

ハルが無言で尻尾を何度も振っている。

自分が言った言葉を思い出し――俺も顔が赤くなった。

俺、めっちゃ恥ずかしいことを口走っているな。

「あ……あぁ、そうだ。逆に、俺がハルの理想に姿を変えるっていうのもあるぞ」

「……私の理想も……ご主人様ですから」

「…………」

ヤバイ、言われて気付いた。
なに、この両想いの確認。
俺はもう二十歳になっているのに、青春を謳歌しすぎだろ。
その日の夜、俺とハルは思いっきりいちゃついた。

第五話　魔と繋がる者たち

女神テトはひとり、無限に増えていく本を、黙々と読み続けていた。

その本の一冊一冊には、人間ひとりひとりの運命が刻まれている。

その本を一瞬で読み、世界を破滅に導く因子を見つけ、その因子を取り除くために、異世界から転移させる地球人を選定する——それが彼女の女神としての役割であった。

「テト様、お茶が入りました」

テトがお手伝い用に作成したホムンクルスのアルファが紅茶を淹れ、テーブルの上の、本と本の隙間に受け皿と空のカップを置き、紅茶を注ぐ。雫が飛び散るのもお構いなしだ。

「…………」

テトは特になにも言わずに紅茶を口に含み、本を読んだ——そのときだった。

彼女が読んでいた本の頁が、突然白紙になったのだ。

その本だけではない。別の本を見ても、一定の時間——つまり現在を境に、続きが白紙に変わっていた。

「……運命が塗り替えられたの？」

なにが起こったのかわからない。

ただ、このような事態を引き起こせる人間は限られている。

女神メティアスが無職のスキルを与えたイチノジョウ。

地球から二度アザワルドに転移するという特異点の少女、魔王ファミリス・ラリテイの生まれ変わりのミリ。

そしてもうひとり――ほかの転移者とは出自が大きく異なる存在。

それならば、その人物の周囲にいる者の本を探し、これまでの動きを見れば、なにが起こったかわかるかもしれない。

そう思ったとき――テトは胸を押さえて倒れた。

テトの異変にいち早く気付いたのはアルファだった。しかし、彼女もまた、なにもできずにいた。

なぜなら、アルファもまた、テトの不調とともに倒れてしまったから。

そして、運命の歯車のひとつが外れ、新たな歯車がそこに嵌め込まれることになった。まったく違う動きを見せながら。

今日にも包囲網が解かれるということで、俺たちはマイワールドで出発の準備をしていた。包囲網が解かれたらすぐにディスペルを使える法術師が町に到着するらしいので、俺もお役御免というわけだ。
マレイグルリから東へ向かう街道は道が整備されているということで、久しぶりに三人で馬車の

旅だ。

その前に、ノルンさんや真里菜たちの状況も調べておかないといけないので、拠点帰還を使って一度フロアランスに戻るつもりである。

とりあえず、あらかた作業を終えたところで、俺たちは鈴木に今日町を出ることを告げるため、一度マイワールドから出た。

あれ？　誰もいないのだろうか？

「皆さん、用事でしょうか？」

「ラナさんは、この時間は買い物ですが」

ハルとキャロが言った。キャロの奴、ラナさんの勤務スケジュールを完全に把握しているのか。

マニュアル人間の彼女なら、きっとスケジュール通りに買い物にいっているのだろう。

とりあえず、俺たちは居間でお茶を飲むことにした。

ラナさんがいないので、キャロが代わりにお茶を淹れてくれる。

三人で座椅子に座り、足をテーブルの下に伸ばして寛いでいると、鈴木が帰ってきた。

鈴木は俺の姿を見るなり、大きな声を上げた。

「楠君、どこに行っていたんだ！　大変なことが起こったんだよ」

「なぁ、鈴木――お前のポジション、『てぇへんだ、親分！』とか言いにくる下っ端に見えたんだが、
主人公補正を持っているんだよな」

「うん、自分でもそう思うんだけど……それより、本当に大変だったんだ！　町に狂乱化の呪いを

発動した人が大勢現れて、暴れ回ったんだ。死人も出ている」

「なっ⁉」

俺は立ち上がろうとしてテーブルの裏に膝をぶつけ、テーブルの上に置いてあった湯飲みが倒れた。お茶を飲み干したあとだったのは幸いだが、そんなことはどうでもいい。

「事件は終わったんじゃなかったのかよ」

「行方不明の通信札――それを使った誰かがいたってことだよ」

「大変だったってことは、事件はもう鎮静化したのですか？」

キャロが尋ねた。そうだ。いまも事件が起こっているなら、鈴木がここにいるわけがないもんな。

「いちおう……ね。もう、事件から一時間以上は経過しているから、狂乱化の呪いによる混乱も解けている。でも、町はひどいよ。事件は解決したと思っていたのに、さっきまで普通に話していた人が、狂戦士になって人々を殺して回るんだから。もしかしたら友達だけじゃなく、自分の親や子だって狂戦士になるかもしれない」

「洗濯屋で洗った服を着なかったら、平気なはずだろ？」

服の中には通信札が入っていた。

洗濯屋の顧客名簿に載っている人全員に、洗濯屋で洗った服を着ないようにと通達を出しており、現在は魔法捜査研究所員が順番に、呪いの有無を確認して回っていたはずだ。

「それが、そうでもないんだ。町のいたるところに、通信札が仕かけられていたんだ。しかもご丁寧に、裏に拡声札の効果をつけてね。さながら町内放送みたいに『世界の救済』という言葉が流れたんだ。犯人の声明とも取れる言葉とともに」

「声明？」

「『創造神によって生み出されたこの鳥籠から人々を救い出すには、一度世界を壊さないといけない——破壊のあとに世界の救済が訪れる』って」

「創造神？　女神じゃなくてか？」

「うん、そう言っていたよ——楠君、町中に聞こえたのに、いったいどこに行っていたんだ」

鈴木は俺を責めるように一瞬声を荒らげたが、思い直したのか純粋に質問という形で聞いた。

「いや、ちょっと引きこもっていた……悪い」

「ごめん。君を責めるつもりじゃなかったんだ。同時に事件が多数発生したから、君ひとりいたところで止められはしない。僕たちも油断していた」

「国王軍の包囲が解かれるのが、遅くなるのでしょうか？」

ハルが尋ねた。

鈴木は首を横に振る。

「副市長が説明した感じでは、それはないよ。皮肉な話だけど、今回の事件で呪いが潜伏している人間がいなくなったからね。今日にでも包囲は解かれるはずだよ」

「死者が出ている以上、地獄に仏なんていえないな」

「そうだね——黒幕は不明のままだし。でも、今度こそ終わると思うよ」

鈴木がため息をついて言った。

最後の最後に、俺は結局、落ち込むことしかできなかった。

「犯人の目的は結局、テロを起こすことだけだったのかな」

だとしたら、大成功ともいえる。

こんな事件、国の歴史どころか世界の歴史に刻まれることだろう。

これからの旅に必要なものを買い出しにきたのだが、お陰で開いている店がまったくない。少なくとも昨日までは、食品売り場は空でも、雑貨屋などは開いていたのに。

こりゃ、次の町で買ったほうがよさそうだな。

「………………」

キャロがなにか考えている様子だった。

「キャロ、なにか気になっているのか？　おかしなところがあるとか？」

「はい。おかしな点があるとすれば、黒幕の正体が明らかになっていないことです」

「ん？　そりゃ、わからないように通信札を使ったから――」

声から犯人がわかるようなスキルがあれば話は別だが、少なくとも俺は知らない。

「いえ。通常、犯行声明というのは、自分の存在や目的を広く世に知らしめるために行うものです。黒幕の正体がわからなくても、組織の名前くらいは告げるはずなんですが」

そういえば、地球で起こるテロのあとの犯行声明も、なにかの組織や団体名を名乗っている。正体不明の犯行声明なんて、聞いたことがない。

「じゃあ、今回のは、テロに見せかけた別のなにかってことか？」

「それなら、まだいいのですが――」

「もしくは、事件がまだ終わっていない可能性もあるということですね」

キャロの説明を継ぐように、ハルが言った。

すべて終わっていない。

事件がまだ終わっていない？

本当に正体を明かすのは、すべてが終わってから？

いや。いくらなんでも、それは考えすぎだと思うけどな。

俺たちは、初級者向け迷宮の前までやってきた。

結局、俺がこの迷宮に入ることはなかった。

町が落ち着いたら、中級者向けと初級者向けの迷宮をクリアしにこよう。

などと思っていたら、衛兵たちが慌ただしい様子で、初級者向けの迷宮を出入りしていた。なにかがあったみたいだ。

「なにかあったんですか？」

俺はなんとなく、そう尋ねた。

「あなたは、子爵様のご友人の――」

「申し遅れました。イチノジョウと申します」

俺がそう言って、准男爵の証であるブローチを見せると、

「し、失礼しました、准男爵殿！」

衛兵は、そう言って敬礼する。

この爵位、かなり有効に使わせていただいています。

「それで、なにがあったんですか？」

「地下から魔物があふれてきていまして。弱い魔物ばかりなのですが、どうも不穏な雰囲気で」

「地下から魔物が……上級者向けダンジョンは大丈夫なのですか？　あっちだったら、低階層の魔物でも危険だと思いますが」

「上級者向けダンジョンは閉鎖していますが、一階層を調査した冒険者によると、魔物が増えている兆候は見られないそうです。それどころか、むしろ魔物の数が非常に少ないんだそうです」

「魔物が少ない？」

もしかして、またトラップドールが発生して、一階層に罠を作っているのだろうか？

「教えてくれてありがとうございます」

俺は礼を言って、離れた場所で待っていたハルとキャロのところに戻った。

「ちょっと魔物の数が多いだけみたいだ」

そう言ってふたりを安心させたところで、衛兵たちの声が聞こえてくる。

「おい、また魔物が階段を上ってきたぞ」

「嘘だろ、これで四度目だぞ。魔物の間引きは上手くいっていないのか」

「いいじゃないか、初級者向けの迷宮なら。いまなら野菜も高値で売れるぞ？」

「俺は肉食なんだよ——獣系の魔物が出てきてくれたらいいんだが」

「ミノタウロスとかか？」

「それはいいな。それなら今日は、部隊全員で焼き肉パーティだ」

ミノタウロスの肉か。ミノタウロスの味がどんなものなのかは知らないが、迷宮のミノタウロスが落とす肉は、全部牛肉だった。

ドロップアイテムの肉は結構大きかったので、二、三人で食べるなら十分な量だが、大勢だとひとり一切れも食べられないと思うけどな。

「本当に、大したことはなさそうですね。イチノ様、裏通りに『たとえ世界の終わりが来ようとも営業を続ける』と豪語するお爺さんが営む雑貨屋があるんです。そこに行きませんか？」

「そんな爺さんの店なら、今日も営業しているだろうな——ただ」

俺はやはり迷宮のことが気になる。

「ご主人様。迷宮のことが気になるのでしたら、一度冒険者ギルドに行きませんか？　あそこなら情報も集まっていますし、冒険者ではなくてもご主人様の爵位があれば、これまで集めた魔石を換金することもできるはずです」

「あぁ、そうだな。キャロ、裏通りの爺さんのところは、冒険者ギルドに行ってからでいいな」

「はい、勿論です」

よし。冒険者ギルドに行って、情報集めをするか。

そう思った矢先の出来事だった。

「迷宮から魔物が迫ってくるぞっ！」

「また野菜が増えるな」

「違う、野菜じゃない！　あれは——」

そのとき、伝令として地下から上がってきた男が吹っ飛んだ。

ハルがいち早く反応して駆け出し、絶賛吹っ飛び中の男を空中でキャッチする。

迷宮の中から現れたのは、ミノタウロスの群れだった。

「嘘だろ、本当にっ⁉」

「お前がバカなことを言うからだ」

ミノタウロス——中級者向けの迷宮の、最下層付近にいる魔物だ。

こんなところに現れるような魔物じゃない。

そのとき、一頭のミノタウロスが、手に持っていた大剣で衛兵に切りかかろうとした。

「魅了（チャーム）」

キャロが魔法を唱えると、ミノタウロスが突然動きを変え、仲間のミノタウロスに切りかかった。

「キャロ、ナイス！」

俺は白狼牙を抜き、一気にミノタウロスの群れの中心に入り込むと、

「回転斬り！」

と、五体のミノタウロスの胴体を切断した。

そして、最後に一度刀を鞘に収め、キャロが魔法で操っているミノタウロスを、居合切りで切断

した。

「す、凄い――ミノタウロス相手に、まるでミニスライムを踏み潰すかのように」

ミニスライムを踏み潰すって、赤子の手をひねるみたいな慣用句なのだろうか？

戦いはまだ終わらないらしい。

高さが二メートルくらいしかない穴の中から、身の丈五メートルはある金毛のミノタウロスが現れた。

まるで、びっくり箱の蓋を開けたかのような状態だ。

階段を上がってくる気配は、まるで感じられなかった。

気配を消して上がってきた？　それとも、まさか階段で湧いたのか？

「准男爵殿――危険です。それは、ただのミノタウロスではありません。キングミノタウロスです」

「ええ、知っています」

ベラスラで戦ったことがあるからな。

この程度なら、敵のうちに入らない。

それに、あれぐらい高さがあれば、誰かを巻き込む心配はないからな。

「ブーストファイヤ！」

キングミノタウロスの頭が魔法で黒焦げになり、あたり一面に焼け焦げた肉の匂いが立ち込めた。

「俺、もう焼き肉食えねぇ」

衛兵のひとりが、そう呻き声を漏らした。

【イチノジョウのレベルが上がった】
【上級鍛冶師スキル：打ち改めを取得した】
【神聖術師スキル：回復魔法Ⅵが回復魔法Ⅶにスキルアップした】
【魔文官スキル：ログ記録を取得した】
【魔文官スキル：会話記録を取得した】
【魔文官スキル：ステータス記録を取得した】
【レシピを取得した】

とりあえず、戦闘はこれで終わりのようだな。

打ち改めは使えるスキルだ。

打ち直しのスキルを使ったとき、いい効果が現れる確率が上昇するというものだった。

新たに覚えた回復魔法はリザレクションといって、ＨＰと状態異常を同時に回復する魔法らしい。

ログ記録、会話記録、ステータス記録は、一カ月以内のログと会話、確認したステータスを、紙に書き写すことができるスキルらしい。

「イチノ様っ！　あれをっ！」

キャロがなにかに気付き、迷宮の中を指さした。

迷宮の壁は、淡い光を放っている。そのお陰で、迷宮探索をするときに松明を持って入る必要がない。

しかし、その光がだんだんとこちらに近付いてくるのは、恐怖以外のなにものでもない。異常事態が発生していることは明らかだった。

そして、光はさらに広がりを見せ、ダンジョンの外の壁や地面にまで広がったのだ。

同時に、地面から湧き出すように、歩くニンジンや茸が姿を現した。

「魔物がいきなりっ⁉」

「市民の避難をっ！」

どうやら弱い魔物だったらしく、衛兵たちが倒していくが、魔物は次から次に現れる。

「ご主人様、いったいなにが起こっているのでしょうか」

「町の一部が迷宮化した……んだと思う」

俺はそう言ったが、しかしそんなことがあり得るのか……いったい、なにが起こっているんだ。

「大変だ！　迷宮があふれてきて、魔物が湧き出た！」

そう言って男が駆けてきて、初級者用の迷宮を見ると、

「うわ、こっちもかっ！」

と叫び声を上げた。

「おい、あんた！　迷宮があふれたって、中級者向けの迷宮もこんな感じなのか」

「あ、あぁ、そうだ！　いや、あっちのほうがひどい。毒持ちの魔物もいるし、死人も出ている——いまは衛兵によって封鎖されているけれど」

こっちで現れるのは、弱い魔物ばかりだからな。

でも、もしもキングミノタウロスがあのまま野放しにされていたら、死人が出ていただろう。

「あんたも早く逃げろ！　もう狂乱化の呪いの騒ぎは終わったんだろ？　なら、町の外に出ても平気なはずだ！」

男が俺に言った。

「……もしかして、皆、町の外に向かっているのか？」

「ああ、そうだ」

そう言われて、俺は下唇を噛んだ。

ここにとどまって、魔物討伐の手助けをするべきかとも思ったが、

「キャロ、俺に掴まれ！　ハル、ついてこい！」

俺はそう言うと、キャロを負ぶって正門へと駆け出した。

大通りに出ると市民が多く、まともに走ることができない。

「ご主人様、屋根の上を行きましょう」

「そうだな——キャロ、舌を噛むなよっ！」

「はいっ！」

俺たちは屋根の上に飛び移り、道なき道を駆けた。

さながら忍者のようだ——見習い忍者になっていた時期があったけれど。

そして、俺たちは城壁の上にたどり着いた。

運よく、見張りをしていたのは俺のことを知っている男だったので、なにか言われることはなかったが、しかし、現状は思っていたよりもかなり悪かった。

正門の前に広がっていたのは、人の死体だった。

あちこちに矢が散らばっており、何人かが矢に突き刺されて倒れている。

「嘘だろ？　軍って、国民を守るためにあるんだろ。なんでまだ、国民を攻撃しているんだよ」

倒れている人の職業を調べた。

死んだ人の職業はわからないのだが、彼らは全員死んでいるようだ。そう思ったとき、ひとりの女性から【平民：ＬＶ１】の職業が見えた。

俺は隠形スキルを使い、城壁から飛び降りた。

スキルで気配を消しているにもかかわらず、何本かの矢が飛んでくるが、俺はそれらを無視した。

肩に矢が突き刺さるが、痛みはほとんど感じない。

矢を手で引き抜き、倒れている女性に駆け寄った。

彼女は背中に矢を受け、すでに息絶えていた。俺は彼女の冥福を祈りながら、彼女が自分の身を犠牲にし、腕の中で守っていた者を抱え上げる。

「……悪い、遅くなった」

俺がそう言ったとき、その子は笑っていた。

まだ一歳にも満たない赤ちゃんだ。この子は自分の母親が殺されたことに、まだ気付いていてもいないのだろう。

「……すまん」

俺はそう言うと、さらに飛んでくる矢を避けるように駆け、城壁の上に戻った。

突然走り出したことで、赤ちゃんが大きな声を上げて泣き出した。

「准男爵様――」

「この子を……頼みます」

俺はそう言って、泣きじゃくる赤ちゃんを衛兵に預け、自分の肩にプチヒールをかけた。

「なんなんだよ――皆おかしいと思わないのかよ」

俺は国王軍を見た。

なんで、平然と自国の人間を殺すことができるんだよ。

そう思っていたら、兵のひとりが将校らしき男に抗議をしているのが見て取れた。

なかには良識のある人間もいるのか――と思ったそのとき、抗議をしていた兵が将校らしき男に胸を一突きにされた。

「なんだよ、それ」

ここからじゃ、会話の詳細はわからない。

けれど、刺されるようなことなのか？

「イチノ様。あの将校の動きは、キャロが魅了（チャーム）の魔法を使ったときの魔物に少し似ています。一部の将校は、何者かによって洗脳されている可能性があります」

キャロが言った。

「洗脳？　もしかして国王も洗脳されているのか？」

「わかりません」

どうする。

前みたいに、ピコピコハンマーと竜巻切りで軍隊を全員気絶させるか？

いや、軍は広範囲に広がりすぎている。

順番に気絶させていっても、最初に気絶させた人間が目を覚ます。

「国王が洗脳されているのなら、国王の洗脳を解けば解決できるんじゃないか？」

洗脳なら、ディスペルを使えば回復できるはずだ。

「国王が洗脳されていなくても、そいつを人質に取れば――」

「ご主人様、ひとりで無茶をしないでください」

ハルが言った。

「俺がやらないとダメだろ」

「ご主人様が行くのであれば、私もお供します」

ハルの参戦は正直、心強い。

全方向から飛んでくる矢を俺ひとりで防ぐのは難しいが、ハルとふたりならば大半の矢を防ぐことができるからだ。

「イチノ様、ハルさん、落ち着いてください。無茶です！　それよりイチノ様、門の前が混乱しています。一度離れた場所に移動し、セイレーンの歌声を使って市民を誘導したいと思いますので、協力してください」

キャロに言われた通り、門の前は混乱している。

俺は彼女に従い、広場近くの屋根の上に移動すると、拡声札を渡した。

キャロは大人の姿に変わり、セイレーンの歌を歌った。

キャロの歌声に誘導されるように、市民たちが町の広場にやってくる。幸い、ここは迷宮から遠いので、魔物はいないようだ。

そのときだった。

誰かが屋根の上に現れた。

いったい誰だ――と警戒し、その正体を知ってさらに警戒する。

現れたのは、副市長の秘書のフェリーチェさんだった。

「イチノジョウ殿。あなたが、なぜここに――」

「知っていてきたわけじゃないんですね」

「ええ――私が用事があったのは、そちらの女性です。正門で混乱があれば、必ず現れると思っていました」

キャロに？

いや、キャロが変身できることは、俺とハル以外は知らないはずだ。

「国王軍から一通の手紙が届きました。先日、市民が町から出たとき、ひとりの女性が歌って市民を鎮めたという報告を受けた。その人間が事件の黒幕である可能性が高いので、国王の御前に出頭させるように――とのことです。黒幕とあなた――双方が拡声札を使っていたという記録がありますから」

「――私は黒幕ではありません」

「この子に拡声札を渡したのは俺だ。本当にこの子は関係ない」

俺はそう言ったが、フェリーチェは首を横に振った。

「もしもあなたが出頭しない場合、国家反覆罪の罪人捕縛のため、町に軍を出動させる――手紙に、そう添えられていたのです」

そうなったらどうなるか？

市民を平気で射る国王軍だ。最悪、大虐殺が起きかねない。

「選択肢はない……というわけですか」

「ええ。幸い、ひとりの同行が認められています。私がともに行き、彼女の弁護をしましょう」

「いや、俺が一緒に行きます」

キャロが犯人でないことくらい、国王軍もわかっているはずだ。

狙いは俺か？　それともキャロか？

とにかく、無策で国王軍に行くわけにはいかない。

俺は城壁の上に戻り、ハルに事情を説明すると、今後の作戦を立てた。


キャロとふたりで国王軍に向かう。

門を出たところでも、矢を射られることはなかった。

国王軍のいる場所まで行くと、兵たちが道を開けた。

不思議なことに、国王の天幕に行くにもかかわらず、持っていた武器を取り上げられることはなかった。

逆に嫌な予感がする。

「キャロ、緊張しているのか？」

俺が尋ねると、金属製の杖を大事そうに握るキャロは、無言で首を横に振った。

「そうか——でも油断するなよ」

俺はそう言って、天幕の中に入った。

そこには、俺の見知った人物がいた。

「なんとなく、お前がいる気がしたよ——タルウィ」

白狼族の獣戦士。仲間として一度共闘し、つい先日は敵として戦った。

タルウィは俺の言葉を聞き、小さく微笑む。

そして、俺はタルウィの横に座る偉そうな男を見た。

顎髭をたくわえて高そうな服を着ている男が、タルウィ以外は誰も護衛につけず、これまた高そうな椅子に座っている。

こんな重そうな椅子を、わざわざ城からここまで運ばせたのか。

「あんたがツァオバールの国王か——」

「いかにも」

「ディスペルっ！」

俺はそう言ったが、魔法が発動しない。

魔法封じの結界が張られているのか。

「なるほど、我が洗脳されているとでも思っておったか。愚かな。我に洗脳など効くはずがなかろう」

「あぁ、効かないとは思ってたよ」

俺はこいつを見たときから、国王が洗脳されている可能性は少ないと思っていた。

こいつの職業を見てしまったから。

【魔王：ＬＶ５３】

国王と魔王が同一人物なのか、それとも魔王がツァオバールの国王に化けているのかはわからない。

「まずは御前試合といくか」

タルウィがそう言って剣を抜く。

以前の普通の剣とは違い、禍々しいオーラを放つ剣だ。

魔剣だろうか。

「話し合いにきたんだがな」

「罠とわかってきたんだろ？　まどろこしいのは、なしだ」

俺は横目で魔王を見る。

どうやら、戦いを止める気はないようだ。

「タルウィ。前にボロ負けしておいて、まだ戦うつもりか」

「無論だ」

「そうか——悪いが容赦しないぞ。時間がないんだからな」

俺はそう言って、白狼牙を抜いた。

今回は最初から、すべての職業を物理戦闘向けにしている。

これなら攻撃を受け止められまい——そう思ったのだが、彼女は以前の何倍も速い動きで、俺の刀を受け止めた。

「前より速くなっているっ⁉」

「自分だけが成長していると思ったら大間違いだ」

タルウィが剣を振るった。

俺は即座に後ろに飛ぶが、頬が僅かに切れた。

完全に避けたと思ったが、あの魔剣から黒い波動のようなものが伸びた。思っている以上に厄介だ。

レベルは以前とあまり変わらないのに、彼女の成長速度が俺の成長チートを明らかに上回っている。どんなチートを使ったんだよ。

俺は彼女の剣を受け止め続けたが、魔剣の黒い波動のせいで、生傷ができていく。

「イチノジョウ、何人の狂戦士と戦った」

タルウィが笑いながら言った。

「お前と話している暇はないって言ってるだろ――一閃っ！」

俺は剣を弾き、刀を横薙ぎに払ったが、彼女の腹部の服と皮一枚を切り裂いただけで、致命傷には至っていない。

傷を負ったにもかかわらず、タルウィは嬉しそうだ。

「狂戦士は、狂乱化というスキルを使うことができる。ユニークスキルである狂乱化は、狂戦士にしか使えない。そして、狂戦士を極め、狂乱化の極みの称号を取得したとき、そのスキルは開花する。ユニークスキルから通常スキルとなり、任意の状態で発動できる」

「まさか、お前――でも、混乱していないだろっ！」

「混乱――人々はそう言うが、それは勝手な思い込み――ただ目の前の人間と戦いたくなるだけ、狂気に支配されるだけ。普通の人間ならば、まともな言葉を発することもできなくなるが、私は違う」

タルウィはそう言って、再度切りかかってくる。

「私の心は、常に戦いに支配されているからだ！」

つまり、狂乱化のメリットだけを、こいつは使いこなしているっていうのか。

でも、どうやって狂戦士から獣戦士に戻ったんだ？　獣戦士に戻るには、一度贖罪者のレベルを上げる必要がある。

そもそも、どうやって数日で狂戦士を極めたんだ？

こいつは、国王に化けていた魔王と繋がっているんだ。

いくらでも方法がある。

たとえば俺のように、養殖していた経験値の高い魔物を倒すとか。

そして、その方法は俺が想像したなかでも、最も最悪なものだった。

「イチノジョウ。貴様との再戦を、どれだけ待ち望んだか――そして、貴様と戦うために、どれだけの人を殺してきたか」

「貴様っ！」

こいつは、人間を殺してレベルを上げたのだ。

死刑囚や犯罪者だけでは済まないだろう。

俺は怒りに任せて剣を振るうが、それがいけなかった。

大振りになってしまい、隙だらけになった俺の胸に、タルウィの剣が当たった。

「切れていない？　その服は、ただの服じゃないのか」

タルウィは、目を細めて俺の服を見た。

ダークエルフの秘術で作られた服が、剣の衝撃を全身で受け流してくれたのだ。

そのせいで致命傷は避けられたが、逆に言えば広い範囲にダメージを受けている。内出血くらいは起こしているかもしれない。というか、あばら骨が何本か折れただろう。

それにしても、これだけ騒いでいるのに、誰も天幕の中に入ってこないとは――天幕周辺を警備する衛兵たちは、全員洗脳されているのか。

だとすれば、下手にここから逃げるのは危険か。

すると、視界の端で魔王が動いた。

やはり、魔王の狙いは、俺を呼び出して殺すことじゃなく、キャロだったのか。

「キャロ、逃げろっ！」

俺は叫んだ。

「最初に貴様の存在を知ったのは、ダキャットだったな。魔物を操る誘惑士の半小人族（ハーフミニヒュム）がいると。脅威になると思っていた」

こいつ、キャロのことも調べていたのか。

「厄介だと思ったよ。貴様の能力があれば、魔物を誘導することも可能だからな。私の計画の邪魔になると思った。覚悟するのだな」

「いいえ、覚悟するのはあなたのほうです」

それは、キャロの声ではなかった。

「なにっ⁉」

魔王が驚きの声を上げた。

キャロの姿が突然、ハルの姿に変わったからだ。

それだけではない。持っていた金属の杖が、疾風の刃に変わったのだ。

と同時に、ハルはその疾風の刃で魔王の脇腹を切り裂き、一瞬のうちに魔王の背後を取った。

「変化の腕輪か」

タルウィが面白そうに言った。

「ああ、魔族が何度も使ってくれていたからな。今度はこっちが利用させてもらったよ」

俺がそう言っている間、ハルは胸のあたりに詰め込んでいたタオルを取って捨てた。

大人バージョンのキャロとハルとでは、身長に大きな差はないが胸に違いがあったから、体積を増やすためにタオルを何枚も詰めていたのだ。

「白狼族の娘――こいつがここにいるということは、あの半小人族の娘はっ⁉ まさかっ⁉」

「ああ、あんたの狙いがキャロだって、わざわざ教えてくれたからな。だから、あんたがされたら一番困ることをやってやろうって思ったんだ」

今頃はマレイグルリの中で、魔物を上級ダンジョンに誘導しているはずだ。

勿論、鈴木という優秀な護衛をつけてな。

「タルウィ、あなたも白狼族の戦士のはずです。主人にその忠誠を尽くしているのなら、その剣を収めなさい」

「なるほど、確かに私は白狼族だ。戦いに身を捧げてはいるが、一番大事なものは主人だな。主人を人質に取られたら、私は動けない」

タルウィは、笑みを浮かべて魔王に近付く。

「それ以上近付かないでください」

ハルが言った――そのときだった。

タルウィが動いた。

人質を貫くようにして、ハルに攻撃をしたのだ。

「くっ――」

ハルが呻き声を漏らした。

「ハルっ⁉」

「大丈夫です……服のお陰で助かりました」

ハルが腹を押さえて言う。

魔王が言った。

「ふっ、あの女は我の部下ではない――そうか。運命はやはり、予定調和へと導かれていくのか」

「なにを言っているんだ？」

魔王は懐から、血で汚れた本を取り出した。

ここで本――まさかっ⁉

転移の魔法書
空間魔法「転移」が込められた魔法書。
使用すると、一定の範囲内に移動することができる。

鑑定したときには、すでに遅かった。

「さらばだ」

次の瞬間、魔王の姿は消えていた。

結界の中でも魔法書は使えるのか。

いや、逃げた魔王のことは後回し、いまはタルウィの相手をするのが先だ。

「そろそろ終わらせてもらう。獣の血の制限時間がもうないんでね」

やはり、獣の血も使っていたのか。

あのスキルの制限時間は十分もある。

俺が入ってくると同時に使っていたのなら、まだ三分以上効果は残っているだろう。

「タルウィ、本気でいくぞ」

俺も気合を入れ直した。

「かかってこい」

「フェイクアタック——獣の血っ！」

獣の血は攻撃スキルに分類される。そのため、フェイクアタックでコピーすることができる。あらかじめ覚えておいた。

制限時間は本物の獣の血の半分で五分しかないが、威力は据え置きだ。

これで、俺の攻撃力は大幅に上昇する。

一気にタルウィに切りかかった。

タルウィが俺の一撃を受け止める。

同時に、黒い波動が俺を襲った。

やっぱり受け止められたか。

本来、白狼族の戦い方は、避けられる攻撃は避け、どうしても避けられない攻撃は受けるものだ。

しかし、今回の戦いにおいて、タルウィは俺の攻撃を必ず剣で受け止めていた。

なぜなら、剣と剣がぶつかり合ったときに黒の波動が現れ、俺を襲ってくるからだ。

つまり、このやり取りが続けば、俺へのダメージが蓄積されていく。

確かにこれが三分続けば、俺の身が持たないかもしれない。

しかし、これがタルウィの敗因だ。

「犯罪職を操るのはお前だけじゃないぞ」

俺はそう叫び、ふたつのスキルを発動させた。

「瞬殺っ！」

一秒間限定で速度が倍に、相手に与えるダメージが三倍になる、辻斬り犯のスキルだ。

そして——

「フェイクアタック——破壊っ！」

俺が叫ぶ——と同時に、白狼牙とタルウィの剣が同時に砕け散った。

……悪い、白狼牙。確実にタルウィを倒す手段が、これしか思い付かなかった。

瞬殺と破壊のコンボは凄まじく、剣だけでなく、タルウィの服や下着、果ては床に敷かれた高そうな敷物まで切り裂いた。

無生物以外へのダメージは半分になるのだが、それでも通常の三倍の威力の攻撃を半分にしたところで、五割増しのダメージがタルウィに襲いかかった。

それは、相手をダウンさせるには十分な衝撃だ。

「——まさか、二度も負けるとは」

剣も服もすべて失った彼女には、もう先のような逃走手段は残っていないだろう。

もっとも、ここからどう逃げたらいいかわからないのは、俺も同じだが——国王が魔王だったって言っても、信じてもらえるはずがない。

せめて、将校の洗脳が解けていることを祈ろう。

『残念だったね、タルウィ』

突然、男の声が聞こえてきた。

「聞いていたのか……趣味が悪い」

『まぁ、君は僕にとって大切な眷属だからね。魔王君に通話札を貼っておいてもらったんだよ』

魔王を君付けで呼ぶって、いったいなにものなんだ?

ハルが声のするほうに向かった。

「ご主人様、玉座の裏に通話札がありましたっ！」

ハルが通話札を剥がして持ってくる。

『やぁ、タルウィを倒したんだよね？　凄いよ。いまの彼女が本気できたら、僕でもちょっと苦戦するレベルなのに』

「褒められても嬉しくないよ……ていうか、お前の声、どこかで聞いたような」

『ん？　あれ？　僕もどこかで聞いたような気が……あぁ、思い出したよ！　フロアランスでキリリ草の種を持っていた人だよね』

　キリリ草の種？　そうだ！　俺も思い出した。

　マーガレットさんと一緒に迷宮に潜っているときに出会った、三人組の黒髪の男だ。

「剣聖の男か」

『剣聖？　あ、そうか。そういうことにしていたんだっけ。でも違うよ。僕は本当は――』

「勇者アレッシオ様ですね」

　ハルが言った。

　勇者アレッシオっ⁉

　魔王ファミリス・ラリテイを倒した、ダイジロウさんの仲間の勇者っ⁉

　そういえば、ハルは昔、奴隷としてマティアスさんに売られるまでの間、勇者と一緒に過ごした時間があるって言っていたが。

『あれ？　なんでわかったの……あぁ、そうか！　ハルワタートちゃんか――うん、そう。あのときの子だよ』

「なんで勇者とタルウィが一緒にいるんだ。こいつは魔王の配下――」

　いや、違う。

　タルウィは魔王の配下ではない。タルウィは主人には忠誠を誓うと言っていたが、魔王に対してはその素振りを見せていなかった。

もしかして、タルウィの本当の主人が勇者アレッシオなのかっ!?　そういえば、タルウィのことを眷属だって言った。

あり得ない話ではない――いや、むしろそこに考えが至らなかった俺がおかしい。

かつて、魔王との戦いにおいて、白狼族の半数は魔王につき、半数は勇者についた。

タルウィが勇者についた白狼族だったのだとしたら、その主従の関係がいまも継続していても、なんら不思議ではない。

なら、なぜ、勇者の配下のタルウィが魔王と協力する？

まさか――

「勇者と魔王が繋がっているっていうのか？」

『その結論は早急過ぎるよ。勇者と魔王が繋がっているなんて、そんな八百長、君が認めても世界は認めないからね。ところで、君はいったい――ん？』

また、誰かと話している。

細かいところは聞こえないが、さっきと違って、今度は女性の声だ。

『あぁ、なるほど。君がイチノジョウ君だったのか』

「俺の名前を知っているのか？」

そういえば、勇者アレッシオとはダキャットでも縁があった。

そのときに名前を聞いたのだろうか、と思ったが、そうじゃなかった。

『話は、ここにいるカノンから聞いているよ』

「カノンっ⁉　カノンがそこにいるのかっ⁉」

ということは、真里菜も一緒なのか？

ふたりは勇者アレッシオを探すために西大陸に残ったが、一緒に行動しているのか？

『あ、ごめん。そろそろ通話札の効果が切れるよ。僕はこっちで勇者の仕事があるからさ、そっちの危機はそっちに任せるよ』

そっちに任せるって、危機ってなんだよ。

『せいぜい救ってみな、一般人――眷属召喚っ！』

「なっ⁉」

その瞬間、タルウィの姿が消えた。と同時に通話札が燃え上がり、炭となった。

眷属召喚――無職だけにしか使えないスキルだと思っていたのに、勇者も使えるのか。

そのとき獣の血の効果が切れ、俺は動けなくなってしまった。

「くっ……」

「ご主人様、少し休みましょう」

「あぁ、そうだな」

天幕の外から騒がしい音が聞こえてきた。

俺たちは一度、玉座の後ろに隠れて休んだ。

「陛下っ！　一大事ですっ！」

「陛下はどこに――」

叫び声を上げようとした兵の鳩尾（みぞおち）を、ハルは鞘に納めたままの剣で突いた。

兵は呻き声を上げて倒れた。

「ご主人様――これ以上この場にいるのは危険です――」

「そうだな。少し体も動くようになってきた――ここから逃げるぞ」

ハルにメガヒール、俺にもヒールをかけた。

痛みが引いていく。

でも、いまの一大事っていったいなんだ？

そう思ったとき、俺は感じた。

強大な気配がふたつ、こちらに向かって近付いてくることに。

まさか、さっき勇者が言った『そっちの危機』って――

そう思ったとき、巨大な爪が天幕を切り裂いた。

まるでドラゴンのような巨大なその爪を見て、俺は思わず叫ぶ。

「フェンリルっ⁉」

天幕を切り裂いて現れたのはフェンリルだった。

そして、その背には、セーラー服姿の少女が乗っていた。

「やっほ、おにい！　久しぶり！」

魔王が去ったと思ったら、旧魔王――ミリがフェンリルに乗って現れたのだった。

幕間　ダークエルフ防衛隊

罠だと知りつつ、イチノジョウとハルワタートが火中の栗を拾うために、国王が待つ天幕に向かった――その頃。

キャロルは洗濯屋に潜んでいた。

すでに事件の調査は行われ、いまは完全に無人の状態であった。

（イチノ様が頑張っているんです。キャロも頑張らないといけません）

キャロルはそう言って気合を入れる。

「キャロルちゃん。来たけど、ここにいるのかい？」

キャロルは買い物を終えたラナに、鈴木を見つけてこの洗濯屋に来るように言伝を頼んだ。緊急の用事があると伝えて。

「待っていました、コータさん。お願いがあります」

「……僕は、町に現れた魔物を退治しないといけないんだけど、それより重要なことなのかい？」

「勿論です。コータさんがひとりで魔物を退治しても限界がありますが、キャロの言う通りにしてくだされば、何十倍も効率よく敵を倒すことができます」

「……そうか。うん、信じるよ。それで、僕はなにをすればいいんだい？」

「はい――この着ぐるみを、アイテムバッグに入れて運んでください」

「え？　これを？」

キャロルが言った着ぐるみ――これは、即売会で使われる予定だったものだ。

無断で持ち出すことは許されないが、昨日になってようやく、キッコリが即売会の主催者の居場所を見つけ出すことに成功した。本来ならもう必要のない情報だったのだが、それが功を奏した。

キャロルはここに来る途中、主催者にお金を渡し、着ぐるみをすべて借りる許可をもらった。

町の危機を救うためだと説明したら、快く貸してくれた。

「でも、これをどこに持っていくんだい？」

「コータさんの家です。ラナさんに頼んで、イチノ様の仲間を一時的に、二十人ほど匿ってもらっています」

家主の許可もなく二十人もの人を家に呼ぶことはあり得ないが、ラナが持っているマニュアルには、『主人の不在時に食客が友人を連れてきた場合、主人が帰宅するまで最大限のもてなしをする』というものがあったので、二十人の仲間を連れてきても、彼女はマニュアル通りに応対してくれた。

「仲間？　匿う？　……もしかして、悪魔族の子もいるの？」

鈴木はフルートのことを思い出して、そう尋ねた。

彼女のことは鈴木の心にも小さなしこりを残しており、無事だったなら一度会いたいと思っていた。

キャロルは首を横に振った。

「彼女は無事ですが、そこにはいません。事情はあとで話しますから。とにかく着ぐるみの回収と移動をお願いします」

「わかった」

鈴木は頷くと、着ぐるみを全部アイテムバッグの中に入れて、キャロルとともに自分の家に戻った。

「お帰りなさいませ」

ラナが頭を下げて、鈴木とキャロルを出迎えた。

誰かを匿っているようには全然思えない、いつも通りの対応。マニュアル通りだ。

「ラナさん、皆はどこですか？」

キャロルが尋ねた。

「はい、広間にいらっしゃいます。こちらへどうぞ」

広間に向かった鈴木は、そこで驚いた。

「ダークエルフっ⁉」

そこにいたのは、つい先日、教会の軍によって滅ぼされたと伝えられた、ダークエルフたちだったから。しかも全員女性であることに、さらに驚いた。

彼は、ダークエルフが女性しかいないことを知らなかった。


イチノジョウは、国王のもとに出向く前に、変化の腕輪でハルワタートをキャロルに化けさせる作戦を提案し、さらに町の治安にダークエルフたちの助力を得ることにした。

マイワールドで彼はダークエルフたちに言った。

「皆を守ると言っておきながら、こんなことを頼むのは間違っていることはわかっている。それでも、俺はマレイグルリの町を——そこに住む人を守りたいと思っている。頼む、協力してくれ」

それに異を唱える者は、誰もいなかった。


「イチノ様の仲間です。彼女たちなら、弓の腕は確かです。着ぐるみを着て、町の中の魔物を射てもらいます」

「各々、十分な数の矢を用意しています。必ず役に立ちましょう」

ダークエルフは、悪魔族と同様にいまや教会の敵だ。

そんな彼女らに協力を頼むことは、本来シララキ王国の貴族である鈴木にとって、許されるはずはない。

それでも、彼は頷いた。

「……わかった。あの悪魔族の子を助けたときから、覚悟はできている。君たちのことは勿論、口外しない。ラナさんも誰にも言わないように」

「はい。お客様の秘密を口外してはいけないというマニュアルに従います」

「でも、着ぐるみを着た状態で弓矢を扱えるのですか?」

鈴木が出した着ぐるみのサイズを見ると、矢を射るときにどうしても、弦が着ぐるみ部分に当たりそうに見える。

そもそも、視界が悪い。弓を扱うには、これ以上に不利な姿はない。

「日々訓練をしていますので、平気です」

ウサギの着ぐるみの頭を抱えてラエルが言った。

ダークエルフの弓の訓練は多岐に渡る。暗中での訓練はもとより、視界の悪い場所での訓練や、負傷した仲間を背負っての訓練も含まれる。

着ぐるみを着ただけで精度を欠くようなことはない。

結果、総勢二十名の着ぐるみ部隊が、ここに現れることになった。

「やれやれ、衛兵になんて言おうかな」

しかし、これだけの弓術の精鋭――確かに心強いと、鈴木は思ったのだった。

第六話　女神の終焉

ミリ？

なんでここに？　東大陸にいるはずじゃないのか。

まさか、変化の腕輪で誰かが化けて――いや、それはない。

俺は十二年間、ミリの兄だった。そんな俺が、妹を見間違えるわけがない。

「……ミリ。フランス語で、中世ヨーロッパの城塞都市の在り方の問題点について、教えてくれないか？」

「こんなときになに言ってるの？　そもそも、おにいはフランス語がわからないから、意味ないでしょ？」

ミリが、冷ややかな目で俺を見てきた。

その反応と返し。よし、間違いない、ミリだ。

「おにい、ハルワ、乗って！　ここから脱出するよ」

「わかった！」

「畏まりました」

俺とハルがフェンリルの背に飛び乗ると同時にフェンリルが飛び出し、南へと向かって進み始めた。

「ミリ、方向が逆だっ！　町に戻るんだ！」

舌を噛まないように注意しながら、揺れるフェンリルの背の上で俺は叫んだ。

町は、天幕から北の方向にある。

このままでは、町から遠ざかってしまう。

「このまま戻ったら、町の兵にも襲われるよ。それに、そっちのほうが国王軍の警備も厳重だし」

うっ、確かに。フェンリルが町を襲ってくると、勘違いされかねない。

「魔法封じの結界の範囲から一度脱出して、おにいの拠点帰還（ホームリターン）でマイワールドに戻るよ」

「――わかった」

反論できない。

飛んでくる矢を、俺とハルがスラッシュで撃ち落とす。

「ミリ、なんでここにいるんだ。ダイジロウさんは飛空艇に乗って、東大陸に行ったんじゃ」

「あれは陽動。私は途中下車をして、この子に乗って移動していたのよ」

途中下車って、電車じゃないんだから。

飛空艇を飛行船とするなら、途中下船じゃないだろうか？

「陽動って、なんのために？」

「いろいろとね。私って、どうもこの世界への影響が大きすぎるから、私が関わると、どうにもノイズが大きくなるのよ」

ノイズ？

「おにい、ミルキーから本を買っておいてくれた？」

「──ここにあるぞ。ところでこれ、なんなんだ？」

「なにって、ＢＬ本でしょ？」

「だから、なんでこれを買わせたんだよ」

「おにい、ＱＲコードって知ってる？」

「二次元バーコードみたいなものだよな？　黒い点の」

当然知っている。

「そう。でも、特別なアプリを使えば、黒い点々じゃなくても、たとえば普通の絵を文字に置き換えることもできるの」

「ＡＲマーカーってやつか？」

「ＡＲマーカーじゃないんだけど、まぁそれでいいわ」

なんか、説明を放棄された気分だ。

「静かな美術館で、中学生の主人公（♂）が同級生（♂）の服の中に手を入れて背中を弄って、同級生（♂）は声を上げられずに悶えるシーンがあったのを覚えてる？」

俺は頷いた。

これのどこが全年齢対応の漫画なんだって、思わず叫びそうになった。

「この美術館の前衛美術の絵画。この一枚の絵を私のスマホのアプリで変換すると、とある数式になるの」

おまえのす
お

「数式？」

「そう。私が地球からアザワルドに行くために計算した数式の逆。アザワルドから地球に行くための数式よ」

——っ⁉

地球からアザワルドに自ら行く——そんなことができるのか。

あながち嘘とは言えない。

その証拠がミリ自身だ。

彼女は独自の数式により、どこでいつ死ねばアザワルドにやってこられるかを計算し、その通りに実践した。

「ダイジロウにとっては、喉から手が出るほど欲しいもの。これがマレイグルリにある限り、彼女にはこの町を見捨てる選択肢がなかったの。だから、私の途中下車が許可されたってわけ」

ミリから事情を聞いていると、

「ご主人様っ！　前から攻撃がきます」

とハルが言った。今度は前からの攻撃——しかも魔法攻撃だった。

火の玉が複数、こちらに向かって飛んでくる。

「大した威力じゃないわ！　フェンリル、突っ込んで！」

ミリの命令で、フェンリルは真っ直ぐ魔法へと突っ込む。火の玉はフェンリルに命中し、小さな爆発を起こしたが、フェンリルの走る速度が緩むことはなかった。

「あの丘の上は魔法が使えるのか」

目の前に急勾配の丘――というより、切り立った崖があった。

「そのようね。おにい、ハルワ！　しっかり掴まって！　舌を噛まないでねっ！」

ミリはそう言うと、フェンリルを崖の下に突撃させ、フェンリルはそのまま崖を登った。

真上から、火の玉だけでなく岩や矢も飛んでくるが、フェンリルはお構いなしに崖を登り続ける。

そして、フェンリルはいよいよ崖の上に到達し、勢いあまって飛び上がり、魔法兵を踏み潰しそうになった。

「いまよっ！」

「拠点帰還（ホームリターン）っ！」

ミリのかけ声とともに、俺は魔法を放った。

途端、俺たち三人と一匹は、揃ってマイワールドに降り立っていた。

「ご主人様、ミリ様、お疲れ様でした」

ハルはそう言って、ミリがフェンリルから降りる補助をした。

「ありがと、ハルワ。ふぅ、助かったね」

ミリは、あっけらかんとした口調で笑って言った。

いつもの明るいミリだな。

「というか、お前、素顔がバレバレだったけど、大丈夫なのか？」

「大丈夫、大丈夫。今頃、本物の国王の死体がツァオバールの城内で発見されて、それどころじゃなくなるから」

やっぱり、あの魔王は国王に化けていたのか。

国王の正体が明らかになったら、町の包囲網は解除されるだろう。

残った問題は、迷宮の拡大と魔物の大量発生か。

ダークエルフたちを派遣しているが、心配だ。

「すぐに町に戻ろう」

俺がそう言ったとき、

「マスター、大変デス！　げっ、傍若無人魔王デスっ!?」

「久しぶりね、シーナ三号。誰が傍若無人魔王かしら？」

「それより、なにが大変なんだ？」

ミリに頭をぐりぐりされているシーナ三号に尋ねた。

シーナ三号は、悲鳴を上げながら答える。

「ピオニアとニーテが倒れたデス！」

「なんだってっ!?」

俺はシーナ三号に案内され、ログハウスに向かった。

すると、シーナ三号の言う通り、ふたりがメイド服を着たままベッドに横になっている。

「いったいなにがあったんだ」

「ふたりは今朝から調子が悪そうにしていましたが、さっき急に倒れたのデス。おそらく、女神テト様になにかあったのデス——シーナ三号は魂はオリジナルで、体の半分は機械の機械人間(サイボーグ)デスけど、やはり少しだけ倦怠感があるデスから」

「ふたりの魂は、女神テトによって作られた仮初めの魂だから。コンピュータにたとえるなら、メインサーバーが落ちたようなものよ。こっちからはどうしようもないよ」

「……だな。ミリは疲れているだろ？　ここでちょっと休んでいてくれ」

「あはは、さすがはおにい……気付いた？」

「気付かないわけないだろ。お前、ずっと寝ていないだろ」

航路計画では、飛空艇は一週間も前に、南大陸の最東端の村を通過している。

そこから地上を移動するとなると、いくらフェンリルの脚が速くても、休む暇なんてないはずだ。

「おにいが思っているほどひどくはないよ。転移を使って距離も稼げたし——昨日も一時間は眠ったから……」

と言ったところで、ミリがバランスを失って倒れかけた。

やはり無理をしているようだ。睡眠不足だけは回復魔法でもスタミナヒールでも治せない。

「ごめん、やっぱり休ませてもらうよ。ここで出ていけばおにいに迷惑をかけちゃいそうだし——正直、魔力もほとんど残ってないの」

「ああ、休んでろ」

俺はミリを自分のベッドに運んだ。

「シーナ三号、あとは任せた」

「わかったデス。あ、それとマスター、ニーテが気絶する前に話していたことを伝えるデス」

「ニーテが？　なんだ？」

「『そういえば、前にマスターに頼まれて醤油作りを教えたあと、日本酒の酒蔵が火落ちのせいで大損害を被ったことがあったんだ』」

シーナ三号は、ニーテの声をそのまま再生する。彼女の音声再現技術は、コピーキャット顔負けだ。

「『そのせいで、酒蔵に瘴気が蔓延したんだ。ほら、瘴気って人間のイヤだなぁっていう、もやもやした気持ちから生まれるだろ？　ただ、その瘴気の流れが速いっていうかさ、迷宮に向かう速度が普通とは違う気がしたんだ。まぁ、気のせいかもしれないから言わなかったんだけど、もしかしたら、マスターが言う迷宮の魔物大量発生は、その辺が影響しているんじゃないか？　……それにしてもさっきから体がだるいな』とのことデス」

瘴気の流れが速い……か。

とりあえず参考にしておこう。


俺とハルは、開きっぱなしになっていたマイワールドの出口から、鈴木の家に戻った。

家の中から気配はしない。本来、ラナさんはこの時間、夕食の準備を始めているはずだ。マニュアル通りに動かないなんて――と心配になって玄関に向かったところ、一通の手紙が置かれていた。

【非常事態マニュアルに従い、ミルキー様とともに所定の避難場所に向かいます】

最後にラナさんの署名がある。

どうやら無事のようだ。

俺たちは家を出た。

町の中は静まり返っていた。全員避難しているのだろう。

そう思ったら、目の前に巨大なコボルト――の着ぐるみが現れた。

「イチノジョウ様！」

「その声は……リリアナか？」

「はい！　イチノジョウ様、ハルワタート様、無事でよかったです」

リリアナが喜びながら言った。

「状況を説明してくれ」

「はい！　現在、キャロル様はスズキ子爵とともに上級者向けの迷宮に潜り、キャロル様の誘惑士のスキル――月の魅惑香の効果により魔物を上級者向けの迷宮に誘導して、二時間が経過したところです」

「そうか――」

俺とキャロが立てた作戦は、魔物を上級者向けの迷宮に呼び込むことだった。

上級者向けの迷宮の低階層は魔物が少なくなっているという話を聞き、俺たちは国王軍に向かう前に、冒険者ギルドに確認しにいった。そこで、冒険者ギルドの調査では、上級者向け迷宮の浅い階層での魔物の目撃数は、なぜか驚くほど少ないということを知った。

キャロの月の魅惑香は広範囲に広がるが、迷宮の複数の階層を跨がないことは、ベラスラでオレゲールが無理やりキャロを迷宮の奥深くに連れていったときに判明している。そのため、仮にキャロが上級者向け迷宮の一階層にいても、深い階層の魔物たちは上がってこないだろうと判断したのだ。さらに言えば、上級者向け迷宮の魔物は、動く鎧とか人形とかの、嗅覚を持たない魔物が多い。仮に魔物が浅い階層に残っていたとしても、キャロの匂いに釣られることは少ないはずだ。

いざというときは、キャロには拠点帰還(ホームリターン)を使って脱出するように伝えてあるが、いまのところ危ない事態にはなっていないのだろう。

そして、その迷宮の入口は鈴木に守らせ、ダークエルフたち十名は、展望台から戦闘の補助をしている。

これで町中の魔物を一掃できるはずだった。

残り十名のダークエルフには、初級者向けや中級者向けの迷宮から上級者向けの迷宮に向かう道程の魔物を退治してもらったり、町を巡回してもらったりしている。

リリアナも巡回組だったようだ。

「キャロル様のスキルの威力は凄いですね。ほとんどの魔物をおびき寄せています」

「ああ、何度も助けられているよ」

本当に、彼女の能力には何度も助けられた。

見張りの塔では教会の兵を混乱させて塔の中に侵入する隙を作ってもらい、ダキャットではあふれ出る魔物から町を救ってもらった。

レヴィアタンと戦うときにも、レヴィアタンをおびき寄せてもらった。

「よし、じゃあそろそろ鈴木の助勢にいく。リリアナは巡回の続行を頼む！」

「畏まりました！　イチノジョウ様、ご武運を！」

俺とハルは上級者向け迷宮の展望台に向かって、全速力でダッシュした。

屋根の上を移動する。日本人街は屋根が瓦だから走りにくかったが、魔法街は屋根が平らな石造りとなり、さらにひとつひとつの建物が大きいので非常に走りやすかった。

屋根の上で弓を扱うひとりのダークエルフを見つけ、

「ありがとう！　悪いがもう少し頑張ってくれ！」

と声をかけて通り過ぎた。

「イチノジョウ様こそ、頑張ってください！」

黄色い声援を受け、俺は足の裏に力を入れた。

上級迷宮に近付くにつれ、着ぐるみを着ているダークエルフたちの姿だけでなく、衛兵たち、さらには冒険者や傭兵たちの姿も見え始めた。

キッコリたちも戦いに参加して、弱い魔物を倒していた。戦える人間は総動員で、魔物への対処をしているようだ。

そんななかで、一際人が多く、そして魔石やドロップアイテムが大量に落ちている場所があった。

俺はその前に着地すると、途端に鼻先に剣を突き付けられた。

「ごめん――楠君。敵かと思ったよ」

「あやうく鼻の穴が三つになるところだったよ」

俺は冗談めかしてそう言いながら、背後から迫ってくる山羊のような魔物の額に、プチファイヤをかました。

「ハル、俺はしばらく、鈴木とキャロと話をする。迫ってくる敵を全部倒してくれ」

「畏まりました」

ハルが頷き、鈴木の代わりに魔物退治を始めた。

その間、俺と鈴木は迷宮の階段に移動する。

「大丈夫か？　ここはお前ひとりで戦っていたのか？」

「うん。乱戦状態になったら、どうしても魔物の何匹かを取り逃がすからね。ここは、僕が責任を持って守っていたよ」

俺たちは階段を下りていく。

階段の下の部屋で、いつもの姿のキャロが待っていた。

「イチノ様っ！　無事でよかったです！」

キャロがそう言って、俺に抱きついた。

「無事だったのなら、眷属伝令で知らせてください」

「悪い――そうだよな」

俺はキャロに抱きつかれたまま、新たにわかった真実をキャロに告げた。

そして、俺はそのまま鈴木を見た。

「……今回の件、裏でタルウィと勇者アレッシオ、そして新たな魔王が絡んでいた。魔王が国王に化けていて、タルウィが一緒にいた。タルウィは勇者アレッシオの命令で動いていて、ふたりと魔王が繋がっていることはわかった。手を組んでいるのかどうかはわからないが。あと、ミリと合流できた。いまは寝ている」

それを聞いて、鈴木は狼狽した。

特に、勇者アレッシオの名前が出たところで、鈴木の気配に変化があった。

こいつは自らを勇者と名乗るくらい、アレッシオのことを尊敬していたからな。しかし、俺のことを疑ったりはしなかった。

「……そう」

いろいろと思うところはあるだろうが、鈴木はすべてを呑み込んだ。

強い奴だ。

さすがは主人公だな。

「今度は僕からの報告だね。実は魔物は迷宮の外だけじゃなく、奥深く、女神像の間から大量に湧き出ていることがわかったんだ」

「女神像の間から……それって」

俺の問いに鈴木は頷いた。

「うん——これは本当は秘密なんだけど、女神像には、浄化するべき瘴気を魔物として生み出す機能があるんだ」

ヨミズキでは、魔物を生み出す機能が壊れ、機能を失ったはずのメティアス様の女神像から魔物が生み出された。

デイジマでは、鬼族が瘴気を集める機械を使い、その余波により魔物が大量に生み出されて、迷宮からあふれ出る惨事になった。

女神像には、一般的には知られていない機能がいろいろとある。

「その瘴気を魔物化させずに霧散させるための魔道具があるんだ」

鈴木はそう言って、アイテムバッグに手を入れ、あるものを取り出した。

「これ、覚えているよね？」

鈴木が出したのは、ふたつのガラス玉だった。

俺はそれらに見覚えがあった。

「ダキャットで使ったあれだよなっ！」

「スッチーノさんが持っていた謎の玉ですよね」

俺の言葉をキャロが引き継ぐ。

かつて、ダキャットの迷宮から魔物があふれ出たとき、そのガラス玉を迷宮の奥の裂け目に投げ入れると、魔物の大量発生が止まった。

そういえばセトランス様は、あのガラス玉は魔王ファミリス・ラリテイの命令で動いた誰かが、スッチーノに渡したって言っていた。

ああ、終わったことだったから、ミリに聞くのをすっかり忘れていた。

「うん。これをさっき、魔法捜査研究所から支給されてね。これを二カ所の迷宮に使えば、事件が解決すると思うんだ。迷宮の奥にまでたどり着けるのは、僕と楠君しかいないと思って、待っていたんだ」

「魔法捜査研究所か……さすが本物は違うな」

俺みたいな、スキルだけのにわかとは違う。

魔物の発生原因をちゃんと調べ、対処法を模索していたのか。

「僕は初級者向けの迷宮に突入するつもりだ。楠君には中級者向けの迷宮で調査を頼みたい。必要ないと思うけれど、これは中級者向け迷宮の地図だよ」

必要ないって、俺は中級者向けの迷宮の内部構造は、浅い階層しか知らない……あ、いや、魔物の流れを遡ったらたどり着くから、地図はいらないのか。

「でも、俺と鈴木が抜けたら、ここはハルひとりで守らないといけないのか……正直不安だな」

「僕ひとりには任せたのに？」

鈴木は少しおかしそうに笑った。

まぁ、一対一で戦ったら、鈴木とハルならいい勝負をすると思う。

「まぁ、大丈夫だよ――もうそろそろ来るはずだから」

「来る？　いったいなにが？」

俺がそう尋ねたとき、階段の上から騒ぎが起こった。

ハルが心配になり、俺は階段を駆け上がった。

そして、その騒ぎの元凶を理解した。

中庭に巨大なワイバーンが迫ってきたのだ。

「ギルドの通信が回復したから連絡してもらったんだ。キャロルちゃんに言われて、ポチには鼻栓をしてもらってね」

ワイバーンのポチ。牧場で預かってもらっていたが、軍に接収されたり、殺されたり、囚われたりしなかったらしい。

あとから食事代の請求書が凄いことになりそうだが。

「なんとか間に合ってよかったです。これも女神様のご加護ですね」

「本当や。こんな美味しいシチュを見逃すとこやったからな。強くなったうちの実力、魔物たちに見せたるわ」

「……コー兄ちゃんのため、修行して強くなった」

ワイバーンから飛び降りた、マイル、キャンシー、シュレイルの三人娘が言う。

どうやら、この三人娘、ただの観光のために鈴木と別行動していたのではなかったようだ。

三人とも――特にキャンシーあたり、魔王竜との戦いでほとんど手助けできなかったことを、悔いていたのだろう。

短い間にしては、そこそこレベルアップをしていた。

「彼女たちが協力してくれるから、ハルさんへの負担は極力減らせるよ」

「……そうか。ハル、夜が来るまでには終わらせる。全部終わったら、キャロと着ぐるみ部隊と一緒に、俺たちの家(マイワールド)に帰ってこい」

「畏まりました――ご主人様、こちらをお持ちください」

「これは……守命剣？」

「はい。ご主人様の白狼牙は、折れてしまいましたから」

ハルは疾風の刃ではなく、守命剣を俺に渡す。

ハルからのメッセージは、これ以上なにも言われなくてもわかった。

「わかった――でも、ハルも自分の命は守れよ」

「はい。ご主人様も、どうかご武運を」

ハルがそう言って俺を見送った。

俺は鈴木からガラス玉を受け取り、割らないようにアイテムバッグの中に入れた。

「油断するなよ、鈴木」

「楠君こそ、油断しないでね」

そう言って、俺と鈴木は別れた。

俺は職業を、無職、剣聖、侍大将、神聖術師、光魔術師とバランスよく組み立てる。

生産系は今回はなしだ。

中級者向け迷宮前の広場は、すでに迷宮の拡大は止まっていたが、次々に魔物があふれ出ていた。

ただ、現れた魔物の三割ほどは、出現してすぐに矢によって致命傷を喰らっていた。毒を持つ魔物を中心に、ダークエルフたちが倒してくれているのだ。

俺は援護してくれるダークエルフに手を振って礼を告げ、迷宮の中に入っていった。

魔物の数は多いが、すべての魔物が迷宮から出ようとして、一直線に外に向かっていく。俺など目に入っていないかのようだ。

「ブースト太古の浄化炎（エンシェントノヴァ）」

巨大な炎が、魔物の群れを一瞬にして蒸発させた。

しかし、蒸発してすぐに新しい魔物が湧き、通路を埋め尽くす。

こりゃ、倒していたらきりがない。

俺はもう、魔物を無視することに決めた。

隠形を使って気配を消しながら、魔物の頭を踏みつけ、飛び越え、ひたすら前に、前に進む。

俺が遅れたら遅れたぶんだけ、ハルとキャロが危なくなるから。

「おっと、スラッシュ」

守命剣を振るう。

さすがに危ない魔物——クイーンスパイダー級の魔物は、ここで潰しておかないといけないからな。

ほかにも、時折俺に襲いかかってくる魔物は現れたが、すべて守命剣の錆となった……いや、定期的に浄化（クリーン）をかけている。本当に錆びさせたら、ハルが悲しむから。

こうして、俺は迷宮のボス部屋にたどり着いた。

次々と魔物が現れる空間の裂け目のようなものと、ライブラ様の女神像が見える。

空間の裂け目が瘴気を吸収し、そこから魔物を生み出しているのだろう。

俺は呼吸を整え、自分の体にスタミナヒールをかけると、アイテムバッグからガラス玉を取り出した。

あとは、これをあの裂け目に投げ込めば終わりだ。

そう思ったときだった。

空間の裂け目から、巨大な魔物が現れた。

体のほとんどが溶け、骨が見えているところもある。

腐臭もひどい……これが噂に聞く、ドラゴンゾンビってやつか。

そう思ったとき、ドラゴンゾンビが紫色の息を吐き出した。

くそっ、毒か。

俺は腕で口を押さえながら、自分の体にキュアの魔法をかけた。

しかし、魔法が発動しない。

『魔物の毒のなかには、魔法が使えなくなる毒っていうのもあるからね』

鈴木が言っていた毒っていうのはこれか。

俺は、アイテムバッグから解毒ポーションを取り出して飲む。

効果が出るまで三分。その間、魔法は使えないか。

ドラゴンゾンビはさらに毒の息を吐き出したが、

「二度も同じ手を喰らうか——竜巻切り！」

ドラゴンゾンビの毒息を纏った風が渦を巻いて、ドラゴンゾンビ自身に降りかかった。そして、見えた――ゴールへの道しるべが。

「これで終わりだ！」

俺が投げたガラス玉が、空間の裂け目に吸い込まれていった。

途端に、空間の裂け目が消えた。

【イチノジョウのレベルが上がった】

待て！

剣聖とか神聖術師とかのいろいろなスキルを覚えたが、頭に入ってこない。なんか結界魔法みたいなものも覚えたそうだけれど、確認する気にもならない。

なぜなら、最初のスキルが衝撃すぎたから。

【無職スキル：××××が××××にスキルアップした】

なんだこれ。××××がなにかもわからないのに、スキルアップだって⁉

××××が××××って、なんにも変わってないだろ！

ステータスを見ても、スキル欄には相変わらずなにも表示されていないし。

これで中級者向け迷宮の問題は解決したはずなのに、もやもやが止まらない。

あぁ、そういえばこのもやもやが、瘴気の原因になるんだったよな……平常心だ、平常心。

よし、落ち着いた。

そうだ、ハルとキャロに伝令を送っておくか。

「ハル、キャロ、中級者向けの迷宮で魔物が湧き出る騒動は解決したから心配するな。俺は魔物を退治しながら地上に戻る」

よし、伝令はこれで十分だろう。

あとは——そうだ、ライブラ様にお祈りをしよう。

迷宮踏破ボーナスも欲しいけれど、それよりテト様のことが心配だ。このまま、ピオニアとニーテが目を覚まさないのは困る。

俺はそう思って、女神ライブラ様の女神像に祈りを捧げた。


次の瞬間、俺は白い空間にいた。

どうやら女神の空間に着いたようだ。

この世界に来て最初に驚いたのは、巨大な天秤の存在だろう。

秩序と均衡を表す天秤の両方の皿には、どこからともなく黄金色に輝く砂——砂金だろうか？——が降り注いではあふれて落ち、天秤を大きく揺らしている。

神秘的な場所なのだが、どこかカレーのスパイスのような匂いがするのはなぜだろうか？

「待っていました、イチノジョウさん」

「お久しぶりです——待っていたというのは、俺が来るのをわかっていたのでしょうか？」

「話は移動しながらにしましょう。イチノジョウさん、私の手を握ってください」

俺は差し出されたライブラ様の手を取った。

その直後、天秤の砂が大きく傾き、空間にひとつの扉が現れた。

「では、女神テトのもとへ参りましょう。絶対に手を離さないでください」

ライブラ様にそう言われ、俺たちは扉の中に入った。

そこは真っ黒な空間だった。上も下もわからない不思議な場所で、さっきまで自分がいたところまでわからなくなる。

なるほど、これは手を離せば、迷って戻れなくなりそうだ。

俺に手を握るように言ったのはそのためか。

「まず、訂正しましょう。私が手を握っているのは、私が迷わないためです」

「え？　ええと、心を読みました？」

「いいえ、あなたの心の中は読めなくなっています。ミネルヴァになにか施されたのでしょう？」

その通りだ。

っていうことは、俺の考えていることなど、心を読まずともお見通しってことか。それは少しショックだ。

「ライブラ様が迷わないためって、どういうことですか？」

「私はいまから女神テトの部屋に向かいます。しかし、本来女神の空間というのは、許可を得られた人間にしか入ることが許されません。あなたのマイワールドもそうでしょう？」

「はい、そうですね。女神様は自由に出入りできますが」

「私たちが自由に出入りできるのは、あなたが私たちを拒んでいないからです。あなたが」

俺が拒んでいない？

「ええ。あなたは意識的か無意識的かはわかりませんが、女神の到来を歓迎しているのです」

女神が来ることを歓迎――そんなこと、考えたこともなかった。

トレールール様にせよ、ミネルヴァ様にせよ、突然訪れては去っていくから困っているんだけどな。まぁ、拒んでいるかと聞かれたら、そこまでは言わないけれど。

「話を戻します。先ほども言った通り、女神テトが許可を出さない限り、ほかの女神は立ち入ることができません。しかし、テトはあなたが訪れることを拒否していない――むしろ、あなたが来るのを待っているようなのです。そのため、私はあなたを利用することでしか、テトのもとへ行くことができません」

ライブラ様が言っていた、俺を待っていたとはそういうことだったのか。

もしも俺が初級者用の迷宮に行っていたのなら、ライブラ様ではなくコショマーレ様と手を繋いで、テト様のもとへ向かっていたわけか。

「もっとも、そのせいで空間が歪み、このような狭間の世界を歩くことになりました。もしもここで手を離せば、あなたの体は一瞬のうちに女神テトのもとに赴くことができるでしょうが、私はこの狭間の世界に取り残されるでしょう」

そう言われて、俺は手に汗をかいた。

手が滑りそうになり、ライブラ様の手を強く握ってしまう。

「そう緊張しなくても大丈夫です。形式的に手を離したらと言っていますが、手だけではなく、魔力的な繋がりも保っています。本当に手を離したところで、いま言ったことは起こりません」

言われて、少し緊張が和らいだ。

女神殺しの称号なんて欲しくない——いや、狭間の世界に永遠に取り残すなんて、殺してしまう以上の罪だからな。

そして、俺たちは三時間くらい歩き続けた。

「あの、ライブラ様——テト様の空間は、まだ遠いのでしょうか？」

「ええ、これで半分くらいでしょうか」

やばいな。ハルたちが心配しているはずだ。

一度、伝令を送ったほうがいいだろうか？

「安心しなさい。女神の空間と地上との時間の流れが異なるのは、あなたもわかっているでしょう？さすがに完全に時間が停止するということはありませんが、地上ではまだ数分ほどしか時間が流れていません。伝令を送っても、速度の違いのせいでまともに伝わりませんよ」

時間速度の違い——あぁ、すっかり忘れていた。

じゃあ、俺がハルに伝令を送っても、超高速早送りの状態で届くわけか。そんな伝令を送ったら逆に心配させてしまう。

ていうか、まだ半分か。

なら、もう少し込み入った話をする時間がありそうだ。

「あの——魔王と勇者の狙いはなんなのでしょうか」

「あなたは、デイジマでの事件を覚えていますか？　鬼族の男が瘴気を集めたことを。そして、そこで集めた瘴気はどこかに送られたあとだったことを」

「……ええ」

「デイジマで集められた瘴気は、すべてこのマレイグルリに送られていました」

「……っ⁉」

「正確には、マレイグルリと大聖堂の間、七十二対二十八で割った場所に送られていました」

細かい。普通に七対三でいい気がする。

「マレイグルリと大聖堂の間には地下通路が通っていて、その地下通路はさまざまな場所に繋がっています。なかには、ほかの大陸にまで繋がっている通路もあります。それは、かつてその地を治めていた豪族が築き、魔王ファミリス・ラリテイが脱出路として利用していました。その脱出路に設置された転移陣が、デイジマに繋がっていたのです」

つまり、その転移陣を使って瘴気が送られてきたってことか。

ジョフレとエリーズが悪魔族を逃がしたという秘密の脱出路も、そこだったのだろう。

「じゃあ、魔王の目的は、瘴気を使って魔物を大量発生させることだったのですね」

「いいえ。それは手段であって、目的ではありません」

「目的じゃない？」

「彼が望んだのは、ただひとつ。メティアスの復活です」

「メティアス様の？」

「奇しくも、それは勇者の望みと同じでした。それで勇者と魔王――本来敵同士の彼らが、手を組んだのです」

「なんで……メティアス様は世界を守るために戦っていたはずです。なんで世界を破滅に導く魔王が、復活させようとするのですか」

「……話が過ぎました。これ以上はあなたが知っていい内容ではありません。人には人の、女神には女神の領分というものがあります。深く入り込めば、引き返せなくなりますよ」

ライブラ様は、そう言って口を噤んだ。

本当に、これ以上聞いてはダメなのだろう。

そんな状態で無言になってしまったものだから、なにか別のことを話さないといけないと思ってテンパってしまった。

その結果、最も空気を読めないことを言った。

「ライブラ様は……もともと人間だったのですか？」

言って後悔した。

人間だったと聞いてどうする？　人間だった頃はどんなことをしていたとでも聞くのか？

女神は無垢な女性が生贄(いけにえ)に捧げられた結果至った存在だって、ミネルヴァ様が言っていたじゃないか。

ライブラ様が俺をじっと見る。

やばい、すぐに取り消さないと――そう思ったとき、ライブラ様が大きなため息をついた。

「………はぁ、ミネルヴァに聞いたのですね。本来、これは絶対に人間に知られてはいけないことなのですよ」

「……やっぱりそうですよね。教会の信仰とかを考えると」

「ええ。ですから、誰にも言わないでください」

そう念を押された。

「私が人間であったか？　ですね。結論からいえば覚えていません。そうであったと聞いていますが、確かめられないことは答えられません。ただ、あなたが思っているような、ひどい人生ではなかったそうです。もともと孤児として死ぬところだった私は養母と養父に引き取られ、ふたりのもとで平穏な時を過ごしたそうです。生贄になったのも、自ら望んでのことだったそうです。正しいことをして死ぬのは正しい――そう思っていたのでしょう」

「でも、それは――」

「ええ。養母と養父を思ってのことでもあったでしょうが、いまならそれが恩返しなどではなく、限りない不義理であることくらいわかりますよ。いいえ、客観的に物事を判断しているからわかるのであって、当事者となればいまでも、同じ間違いを犯すかもしれませんね。女神は絶対ではないのですから」

俺の前で見せた弱さ。

秩序と均衡で自分を律し続けていたライブラ様の、これが本当の姿なのかもしれない――なんて、わかったようなことを思ってしまった。

「イチノジョウさん、見えてきました」

休憩を挟むことなく歩き続けたところ、遠くに光が見えてきた。

その光は、だんだんと大きくなっていく。

「あそこです。なにがあるかわかりませんから、覚悟していてください」

なにがあるかわからないって、脅さないでほしい。

「脅しではありません。危ないと思ったら拠点帰還（ホームリターン）を使ってください。地上に戻ることはできませんが、あなたがマイワールドと呼ぶ世界は我々女神の世界と位相が近いため、転移も可能のはずです」

「……わかりました」

俺は頷き、光の扉に入った。


通り抜けた先は——俺の知る女神テトの空間ではなかった。

机も、山のように積まれた本もなくなっていたから。

しかも、足元がふわふわする。歩くことはできるが、どっちが上でどっちが下かわからない。

「アルファさんっ⁉」

最初に見つけたのは、ホムンクルスのアルファさんだった。

彼女に駆け寄った。

息はしているが、意識がない。

彼女は、どこか遠くに手を伸ばしたまま倒れているようだ。

症状はピオニアやニーテと同じだな。

「テト様は――くそっ、いない」

「いないはずがありません。いったいどこに――」

くそっ、ここにいるのがハルだったら、匂いを追えたのに。

眷属召喚――は無理だ。いま彼女が抜けたらキャロに危険が及ぶし、なにより地上に転移することはできないと言っていた。逆に、この場所に召喚することもできないだろう。

いつも、人を探すときは鷹の目を使ったりするのだが、こんなになにもない場所じゃ、鷹の目を使っても意味がないだろう。

「ライブラ様、ここはアルファさんの忠誠心にかけましょう」

「……わかりました。彼女が手を伸ばしている方向に行くのですね」

そうだ。どのみちどっちを目指していいかわからない以上、そうするしか手はない。

そうと決めたとき、ライブラ様の手から金色の砂のようなものが現れ、真っ直ぐ延びていった。

目印もなにもない世界、真っ直ぐに進むのも一苦労だろう。なるほど、道しるべにはちょうどいい。

俺とライブラ様は、金色の砂を頼りに真っ直ぐ進んだ。歩くというよりは、泳いでいるみたいな感覚だ。

宇宙に漂う巨大な水の中で、酸素ボンベを着けて進んでいる――という表現なら、余計わかりにくいか。

「ん？　あれは——」

どれだけ進んだのかわからないが、この世界に来るときとは逆に、なにか黒いオーラのようなものが見えた。

「どうやら、彼女の忠誠心は大したものだったようですね」

「あれがテト様なのですか？」

「おそらく、そうでしょう」

「あの黒いのは、いったい」

「瘴気ですね。可視化できるほどの濃い瘴気が、女神の空間に流れ込むとは……イチノジョウさんとコータさんがマレイグルリの町にある女神像の瘴気を吸収する機能を一斉に停止させたことにより、マレイグルリ中の濃い瘴気が、一気に彼女の空間に流れ込んだのでしょう」

「俺たちのせいで……」

町を守ろうとした結果、テト様を苦しめることになったのか。

知らなかったとはいえ、自分を責めずにはいられない。

テト様のところに瘴気を集めてはいけないというのなら、キャロに上級者向け迷宮に魔物を集めさせたのも失敗だった。

魔物は退治されることで瘴気に戻り、浄化しやすくなるという。

しかし、上級者向け迷宮の前で魔物を退治すれば、当然、そこで生まれる瘴気もまた、テト様のもとに一番に流れ込むだろう。

「あなたのせいではありません。これは我々女神の責任です――メティアスと同じ過ちを避けるため、彼女に最も近い位置にいる女神テトから、瘴気を浄化する作業を最も遠ざけていたのですから。もしも瘴気の流入先が女神テト以外なら――たとえ怠け者の女神トレールールであったとしても、瘴気の浄化をすることはできたはずです」

メティアスと同じ過ち。

いったい、ライブラ様とメティアス様の間に、なにがあったんだ？

そして、どうしてライブラ様はメティアス様の名前の前に、「女神」を冠しないんだ？　ほかの女神様の名前を呼ぶときは付けているのに。

「コショマーレ先輩とセトランス先輩なら、この倍は対処できたでしょう」

……あ、違った。「女神」を冠するのはテト様とミネルヴァ様、トレールール様の三柱だけだったようだ。女神も先輩後輩の関係があるんだな。

少しだけ、女神の間の人間関係――いや、女神関係が垣間見えたような気がした。

セトランス様は意外とマイペースだし、トレールール様は怠け者だし、ミネルヴァ様は死にたがりだ。コショマーレ様とライブラ様は、苦労しているんだろうな。

「くっ……」

瘴気に近付くにつれ、これは人間が触れてはいけないものだと本能的にわかる。

俺が水鳥だとするのなら、この黒い瘴気はタールだ。

これに触れたら、俺は二度と空を飛ぶことができなくなる——そんな危うさが感じられた。

「ライブラ様、これをなんとかできるのですか？」

「そのために私が来たのです」

ライブラ様はそう言って、右手を瘴気の中に入れた。

瘴気が手を通ってライブラ様の中に入っていったのか、ライブラ様の腕に黒い瘴気が纏わりつき、表情が苦悶に歪む。服まで黒く染まっていく。

「くっ——思っていたより強いです」

ライブラ様が力を込めたようだ。

腕に纏う黒い瘴気が薄れていき、服の色も白に戻った。

そして、ライブラ様の手が見えるようになり、徐々に瘴気の間に道ができていった。

「……ふぅ、イチノジョウさん。ついてきてください。くれぐれも瘴気には触れないように」

「わかりました。頼まれても触れませんよ」

俺は瘴気の間にできた道を進んだ。

十分通れるスペースはあるが、それでも間違って触れてしまわないか不安になる。

「あの、これ、光魔法で一気に浄化——とかできませんか？」

「瘴気の力は、魔法の属性である闇とは根本的に違いますから、意味はありませんよ」

「……ですよね」

ミリの闇魔法は何度か見たが、こんな嫌な感じは一度もしなかった。

「そうですね――どうしても気になるのなら、あなたが使える結界魔法の『聖なる結界(ホーリーミラー)』で、瘴気の浸食を防ぐことができるかもしれません――瘴気を通さないというだけで、狭めることはできないでしょうが」

「『聖なる結界(ホーリーミラー)』？」

そんな魔法があったか？

俺は考えて、そういえば結界魔法を覚えていたことを思い出した。

あのときは××××がスキルアップしたことで動揺し、それどころではなかった。

「なぜ、自分の魔法を覚えていないのですか」

「すみません、魔法の種類も増えすぎたもので……」

管理が行き届いていない。

スキルと魔法を、また徹底的に整理しないといけないな。

「では、『聖なる結界(ホーリーミラー)』！」

魔法を唱えると、俺とライブラ様を包み込むように、淡い光を放つ球体状の結界が現れた。

ただ、瘴気を狭める効果はないようで、結界が瘴気に触れると跳ね返ってくる感じがする。

これは、ピンボールのボールになった気分だ。

瘴気に触れる心配がなくなっただけでも、よしとするか。

「見えてきました――あそこに女神テトがいるはずです」

通路の先――そこには黒い繭のようなものがあった。

この中にテト様がいるのか。

「イチノジョウさん、ご苦労様でした。その結界の中で待っていてください」

ライブラ様はそう言うと、黒い繭に近付いていき、さっきのように瘴気の解除を試みた。

先ほどよりも時間がかかっている。

一度は肩の部分まで、瘴気に侵食されかけた。

俺に手助けできないことが、とても歯痒い。

「――これで……終わりです」

ライブラ様が息を切らせて言ったそのとき、黒い繭のような瘴気がふたつに割れ、中からテト様が現れた。

しかし、様子がおかしい。

「ライブラ様――テト様の髪が――っ!?」

そう。女神テト様の髪の色は銀色だったはずだ。にもかかわらず、いま、その髪の色は黒く染まっている。

まるで、瘴気そのもののような黒色に。

「瘴気に侵食されている――急いで吸い出します」

ライブラ様はそう言って、テト様の頭に手を当てた。

そのとき、バチっと激しい音とともに火花が散り、ライブラ様の体が瘴気を纏って、そのまま俺のほうに吹き飛ばされた。

俺は、結界を越えてきた彼女の体を受け止める。

「ライブラ様、大丈夫ですかっ⁉」

「ええ、結界を張ってもらっていて助かりました。結界がなければ、私は瘴気に蝕まれ、私の体を受け止めたイチノジョウさんも、無事では済みませんでした」

ライブラ様が纏っていた瘴気は、ライブラ様が結界に飛ばされると同時に、結界の外に残った。

そして、そのライブラ様を吹き飛ばしたテト様は、ゆらりと立ち上がってこちらを見た。

「テト様！　しっかりしてください！」

「瘴気に支配されている――このままでは彼女がメティアスと同じように――魔神になってしまう」

ライブラ様が言った。

「魔神っ⁉」

俺が叫んだ――そのとき。

世界が揺れた。

地面もない世界で、地震が起こったのだ。

「女神でなくなりつつある彼女に、女神の空間を維持する力はない。この世界は間もなく崩壊する。イチノジョウさん、すぐに脱出を」

「でも、テト様がっ！」

このままでは彼女が――そう思ったときだった。

「遅くなった、イチノスケ！」

俺の本当の名を呼ぶ女性の声が聞こえた。

そして、一本の光の槍が天から降り落ちてきて、テト様に刺さった。

その槍とともに現れたのは、こういうときに最も役に立つ女神——戦いの女神セトランス様だった。

「セトランス先輩！　どうやってここに」

「なに、イチノスケには私の加護を授けているからね。位置の特定はたやすいんだよ」

加護……そうか。ダキャットでセトランス様に加護を授かっていたっけ。

「と、もう世界がもたないな。世界の殻に罅が入った」

先ほどまでの地鳴りが止まったと同時に、真っ白い世界のあちこちから裂け目が現れ、さっきライブラ様と通った常闇の空間が見え始めた。

これが広がったとき、どうなるのかは想像したくない。

「イチノスケ。悪いが、私たちをマイワールドに連れていってもらうよ」

セトランス様は、テト様に突き刺さった槍の柄を握り、俺に手を伸ばした。

「でも、まだアルファさんがこの空間に残ったままで」

「悪いけど、ホムンクルスひとりに構っている余裕はないんだ。急いで！」

「……わかりました」

俺は頷き、ライブラ様を抱えたまま、セトランス様の手を取り、

「拠点帰還（ホームリターン）」

と唱えた。

魔法を唱えている間、ひとつの世界が滅んでいくのを見ながら。


俺たちはマイワールドに戻った。

はぁ、疲れた。

でも、セトランス様が来てくれたんだ。

サラマンダーのときもそれで終わったんだし、今度こそこれで全部終わっただろう。

「おにい、お帰りなさい……また、とんでもないことになってるね」

「ミリ、ちゃんと女神様に挨拶しろよ」

「ええ、久しぶりね、セトランス。それにライブラも。テトは……会うのは初めてだけど、挨拶どころじゃないわね。本当にひどいことになってるわ」

ミリの奴、セトランス様とライブラ様に会ったことがあるのか。

まぁ、何百年も魔王をやっていたら、いろいろとあったのだろう。

「ひどいこと……あなた、かつて自分がしたことを忘れたの？」

ライブラ様が目を細め、ミリを窘めるように言った。

「別に忘れてないし、今回のこれとは話が別でしょ――」

ミリが話している間に、今回、マレイグルリでの戦いに参加しなかったダークエルフたちも異変に気付き、集まってきた。

「ねぇ、あれもしかして女神様⁉」

「本当だ。セトランス様にライブラ様——それにテト様まで」

「あなたたち、フユンとデザートランナーを連れて、ここからできるだけ遠くに避難！　これは遊びじゃないのよ！」

「「はいっ！」」

ミリの一喝で、ダークエルフたちは一目散に去っていく。

いつの間にダークエルフたちの主権を握ったんだ——今日会ったばかりのはずなのに。

「ねぇ、もう彼女——テトは手遅れじゃないの？」

ミリは女神テトの症状を見て言った。

「そんなことはありません。あのときとは事情が異なります」

ライブラ様が大きな声を上げる。

「いいや、私も彼女に賛成だ。テトはここで殺しておいたほうがいい。いまもギリギリの状態だ。このまま瘴気に蝕まれ続けて魔神として覚醒したら、手がつけられなくなる」

また魔神か。

よくわからないが、瘴気が原因でテト様が苦しんでいるということか。

「——そうだ！　聖なる結界（ホーリーミラー）なら！」

俺はミリに提案した。

さっき、ライブラ様に纏わりついた瘴気を打ち払ったように、テト様の瘴気を消せばいいんじゃ。

「おにい、結界魔法が使えたんだ。でも、それは無駄。あの魔法は瘴気の侵入を防ぐ魔法。体内に入り込んだ瘴気を取り除く魔法じゃない。それに、状態異常とも違うからディスペルでも治せないよ」

ミリはそう言って、小さなため息をついた。

「いまさら魔神がひとり増えたところで、世界の終焉の期日が早まるだけだから、私としてはどっちでもいいんだけどね……どうするの？」

そう言われて、結論を出せるはずがない。

そう思った。

このまま黙っていたら、セトランス様がテト様を殺すだろう。

それで終わる。

俺は、なにもできなかった、なにもしなかったで終わるのか。

「テト——謝らないわよ」

セトランス様はそう言うと、もう一本の槍を取り出した。

燃える炎のような、真っ赤な槍。

「火の大精霊サラマンダーの力を凝縮させたこの槍で突けば、あなたの肉体は完全に焼失し、魂だけが地脈へと還っていくわ」

セトランス様が槍を放とうとした、そのときだった。

テト様から瘴気があふれ出て、魔物の形を作り出そうとしている。

あれは——なんだ。

「瘴気が魔物になりそうなの。おにい、危な——」

とっさに俺を庇おうと飛び出したミリに、瘴気の塊が襲いかかる。

「聖なる結界(ホーリーミラー)」

俺は結界を張り、瘴気の侵入を防いだ。

「助けようとして助けられちゃったね」

「そんなことを言っている場合か——まだ終わっていないぞ」

俺の結界に阻まれた瘴気が飛び散り、それぞれ魔物の姿になる。

しかも、蛇の姿になった魔物は、結界をすり抜けて中に入ってきた。

「魔物は入ってこられるのか——スラッシュ！」

「そうみたいだね。闇の剣(ダークソード)！」

結界の中に入ってくる魔物を、剣と魔法で倒していく。

セトランス様はサラマンダーの槍で、テト様からあふれる瘴気を突いていたが、そのたびに瘴気が飛び散り、魔物が現れた。

ライブラ様はメイスのような武器を使い、現れたドラゴンと戦っていた。

善戦しているが、致命打は与えられないようだ。

そう思ったときだった。

ニーテが駆けてきた。

よかった、目を覚ましたのか。

彼女の手が、まるで巨大なトングのように変化する――ライブラ様を援護するのだろう。

「ニーテ、ドラゴンを捕まえろ！」

俺はそう叫び――そして彼女はそれに従わなかった。

ニーテが捕まえたのは、ライブラ様だったのだ。

「ニーテ！　なにを――」

「おにい、後ろ！」

「え？」

戦いに夢中で、背後の気配に気付かなかった。

振り返ると同時に、俺はピオニアに羽交い絞めにされていた。

「ピオニア……なにをしているんだ」

「おにい――」

ミリが闇の剣（ダークソード）でピオニアを攻撃しようとするが、ピオニアは俺を盾にして攻撃させまいとする。

ニーテに捕らえられたライブラ様は、ニーテもろともドラゴンの体当たりを喰らい、地面に激突した。

「ライブラっ！」

セトランス様が叫び、ドラゴンに槍の一撃を喰らわせた。

ライブラ様はいまの衝撃で意識を失っているようだが、ニーテは無傷だった。

彼女たちホムンクルスの防御力は、俺よりも遥かに高い。

「ピオニア、俺を離せ！　命令だ！」

そう叫ぶも、彼女はなにも言わない。

「おにい、無駄よ。ホムンクルス二体はいま、テトの制御下にある。おにいの声は届かないわ」

「なっ……くそっ、そういうことか」

ニーテは言っていた。

もしもテト様の命令があれば、彼女たちはそちらを優先し、ときとして俺のことを裏切ってしまうだろうと。

あのときは、そんなことが起こるはずはないと高をくくっていたが、それが現実になったわけか。

「ピオニア、あとで謝るから、いまは覚悟しろ！」

俺はそう言うと、力尽くで彼女を振りほどき、投げ飛ばすと同時に竜巻切りを放った。

ただの竜巻切りじゃない――ピコピコハンマーのおまけ付きだ。

ピコピコと、シリアスなムードを吹き飛ばすような効果音だが、これでピオニアを気絶させれば

と思ったら、ピオニアの奴、竜巻の中を平然と歩いてくる。

しまった――ホムンクルスは状態異常無効だった。

その間に、ニーテもこちらに近付いてくる。狙いはミリか。

こいつらを無視してセトランス様の援護にいくのは難しそうだ。

それなら――

そのとき、彼女が現れた。

「ご主人様、お待たせしました」

ハルがピオニアに飛びかかったのだ。

眷属伝令で救援を要請して、僅か五秒の早業だ。

「マレイグルリの町は大丈夫なのか？」

「魔物の出現が止まりましたので、あとはラエルさんたちにお任せしました」

「よし、わかった。事情は伝令で説明した通りだ。ピオニアをここから遠ざけてくれ！」

「はい――行きますよ、ピオニアさん」

ハルの疾風の刃が、ピオニアの体を吹き飛ばす。

攻撃そのもののダメージはなくても、衝撃を殺すことはできないようだ。

あとはニーテだけだが。

そう思ったとき、

「人造人間（ホムンクルス）より、機械人間（サイボーグ）のほうが上だと証明するデス！」

ニーテの前に立ちはだかったのは、シーナ三号だった。

「さっきはよくもやったデスね！」

「シーナ三号！　戦いは離れた場所でやってくれ！」

「わかったデス！　ってあぁ、捕まったデス！」

現れたシーナ三号が、いきなりニーテに捕まっていた。

しかし、それはシーナ三号の作戦だったらしい。

「なんて――じゃあ行くデスよ、お姉さん」

シーナ三号はそう言うと、自由に動くほうの手で、スカートの中から一冊の本を取り出した。

天地創造の書だ。

途端に、シーナ三号の足元に落とし穴が現れた。

シーナ三号とともにニーテが地下へと落ちていき、穴が塞がった。

なるほど、戦いから遠ざかるには最適の手段だ。

あとはテト様だけなのだが――しかし、瘴気のせいでセトランス様も近付けずにいる。

「ねぇ、おにいの一番強力な魔法ってなに？」

「俺の強力な魔法――前に一緒にレヴィアタンを倒したときのブースト太古の浄化炎(エンシェントノヴァ)……いや、それとブースト神の吐息(ゴッドブレス)を融合させたら――しかし、もうＭＰが足りない」

ただでさえ、魔法の融合は通常よりＭＰを使う。

それを増幅させたら、ＭＰの消費量は半端ないことになる。

結界魔法が思いのほかＭＰを食った。

「わかった。おにい、私がおにいの魔力を肩代わりするから、それを使って」

「肩代わりって、そんなことができるのか」

「勿論よ。だって、私たち兄妹でしょ？」

ミリが笑顔を浮かべた。

兄妹か――あぁ、無職（さいきょう）と元魔王（さいきょう）、まさに最強の兄妹だ！

ミリが俺の手を握る。

すると、彼女の魔力が俺の中に満ちてくるのがわかる。

俺は手を前に出した。

【スキル：××××の効果により融合魔法のレシピを取得した】

そのときだ――メッセージとともに、頭の中にひとつの魔法の単語が浮かんだ。

まるで、このときを待っていたかのように、それが正しい融合魔法の名前であるかのように。

そうか……この魔法の名前は――

「世界の始動（ビッグバン）！」

増幅された炎と風が、テト様のもとで融合して巨大爆発を巻き起こした。

その爆風に、俺とミリは飛ばされた。

飛ばされたのは俺たちだけではない。テト様からあふれ出た瘴気もまた、吹き飛ばされていく。

「よくやった、イチノスケ！　あとは私の出番だ！」

その爆風に耐えながら、セトランス様がサラマンダーの槍をテト様の体に突き刺した。

「炎の大精霊よ！　いまこそ力をはな――」

一瞬のうちに世界を静寂が支配し、

トン

と、そんな音が聞こえた気がした。

無音の中、セトランス様は自分が持っている槍を——いや、槍だったものを見る。

彼女の槍は、テト様に突き刺さった刃の部分を残し、折れていた——いや、切られていたのだ。

無音の世界の中、彼は降り立った。

「どうも——いやぁ、危ない危ない——ギリギリ間に合ったようだね」

突如として空間を切り裂き、その男は現れた。

サラマンダーの力を凝縮させた槍をたやすく切り裂く、黒髪の男。かつてフロアランスで見たときの姿そのままだ。

そして、つい最近、俺はその声を聞いた。

「……勇者アレッシオ」

ミリがその名を告げる。

やはり、こいつが勇者アレッシオか。

「ん？　あぁ、君が魔王か。なるほど、姿は変わっても、そのオーラは昔のままだ。もっとも、魔力を失って、立っているのがやっとのようだけど」

「……どうやってここに入ったの？　勇者でも、空間を切り裂くような芸当はできないはずよ」

ミリの言う通りだ。ここは俺が許可を出した人間以外は、女神様しか入ることができないはずなのに。

「確かに、僕にそんな力はないよ。協力者がいてね」

「協力者？」

ミリが怪訝そうな顔で言った——そのときだった。

「ミネルヴァ、どういうつもり！」

セトランス様が激昂するように叫んだ。

突如、空間に裂け目ができて、ミネルヴァ様が現れた。思いもよらぬものとともに。

「私が彼に力を貸したの。ごめんね、スケくん。かぐやちゃん。私、あなたたちの敵なの」

ミネルヴァ様が敵——いや、それより、なぜここに。

なぜここに、ケンタウロスがいるんだよ。

ケンタウロスは光の箱のようなものに閉じ込められ、ミネルヴァ様とともに宙に浮かんでいた。

「ふふふ。スケくんもかぐやちゃんも、結局最後まで、この子の正体には気付かなかったのよね」

「正体？」

「そうよ。それにしても、ケンタウロスって素敵な名前よね。ふたりはケイローンって知っているかしら？」

ケイローン？　聞いたことがない。ケロロンならどことなくカエルっぽいなと思ったが、絶対に関係ないだろう。

「……ギリシア神話に登場するケンタウロス族の賢者の名前よね。十二星座のひとつ、射手座のモデルとなった」

「その通り。まぁ、そのくらい知っているわよね。医学の祖ともいわれているのよ。スケくんが前に使っていた杖のもととなっている、アスクレーピオスの師匠でもあるの。薬に精通している私や、医学に精通しているテト様の祖といっても過言じゃないわよね」

「まさか――まさか、ケンタウロスの中にいるのは」

セトランス様はそう言うと、新たな光の槍を生み出し、ケンタウロスに攻撃を仕かけた。しかし、彼女の突きは光の障壁に阻まれ、逆に吹き飛ばされた。

「無駄よ。セトランス、あなたの力はサラマンダーを吸収したことで、その赤い槍とリンクしている。赤い槍を切られたいま、あなたの力は三分の一以下――私の結界は破れないわ」

なんなんだ。セトランス様はなにを焦っているんだ？

ケンタウロスの正体って、いったいなんなんだ？

「おにい、ミネルヴァに攻撃！　いますぐっ！」

ミリが叫んだ。

「――わかった！」

ここで動けるのは俺だけのようだ。

俺は頷き、魔法で攻撃を仕かけようとし――

「僕のことを忘れてもらったら困るよ――パラライソード」

体を激しい痺れが襲い、膝から崩れ落ちた。

状況の目まぐるしい変化に、勇者のことを失念していた――いや、勇者が不意打ちなんてするわけがないと、心のどこかで思っていたのかもしれない。

アレッシオは剣で俺の腰にあるアイテムバッグの紐部分を切り裂くと、それを奪い取り、ミネルヴァ様に投げた。

「俺の――返せ」

俺は守命剣を地面に突き、立ち上がろうと上半身を起こす。

「おや、まだ動けるのか。僕のパラライソードは……ええと、迷い人の君にわかりやすい表現をするなら、ゾウでも一度喰らえば三日は動けない……だったかな？　ゾウってガネーシャのことだよね？　さすがにそれは言い過ぎな気がするけれど、とにかく強力なはずなんだよ。なるほど、ステータスだけなら僕より上だ」

勇者アレッシオはそう言うと、守命剣を蹴飛ばした。

支えがなくなった俺は、うつ伏せに倒れる。

「戦闘に関する経験値は、素人以下だけどね。もっとも、いまの君ならあと数分で動けそうだし、早めに済ませてください、ミネルヴァ様」

「ええ、わかっているわ。勇者ちゃん」

ミネルヴァ様はそう言うと、俺のアイテムバッグから、ひとつの大きな木の実を取り出した。

大地の実——黄金樹から生み出された力の源を。

「黄金樹——ダークエルフが守り神と称える信仰の対象であり、女神と同質の力を持つ大精霊を封印できる聖なる木。その力を使えば、聖なる力を増幅させることができる」

ミネルヴァ様は淡々と告げた。

「しかし、使い方を変えれば、逆に聖なる力を封印することもできる。あの方を封印する、聖獣の力を！」

ミネルヴァ様の手が光の障壁をすり抜け、ケンタウロスの口の中に、無理やり大地の実を押し込んだ。

突如——ケンタウロスの口から黒い靄のようなものが出ていった。

「……ダメだったか」

セトランス様が、絶望するかのように言った。

黒い靄は、人の形となる。

黒い服を纏った女性——その姿を俺は見たことがあった。

直接会ったことはないが、女神像として見たことがあったのだ。

「……女神、メティアス様」

そう、彼女こそ七柱目の女神——メティアス様その人だった。

「違う——あれは女神なんかじゃない。あれはいまのテトと同じ、魔神だよ」

「コショマーレ様っ⁉　それにトレールール様も」

この場に、女神の六柱が集結した。

「遅いぞ、コショマーレ。いったいなにをしていた」

セトランス様が、コショマーレ様に向かって愚痴るように言った。

「ちょっと人間から足止めを喰らってね」

「あのハッグとかいう魔術師、厄介な術を使いおって。まさか人間が女神の動きを封じることができるとは、思いもしなかった」

トレールール様が言う。

「もっとも、死にたい死にたいと言っていたミネルヴァが裏切り者じゃなんて、そっちのほうが心にも思わなかったわ。てっきり、妾(わらわ)と同類かと思っておったが、なかなかの働き者ではないか」

トレールール様がそう言ってミネルヴァ様を睨みつけるが、ミネルヴァ様はトレールール様を無視して、メティアス様の前に跪いていた。

「久しぶり、コショマーレ。それにセトランスも。あら、ライブラは眠っているのかしら」

メティアス様が笑顔で言った。

「あなたたち三人に封印されて、私がどれだけ困ったかわかる？」

三人に封印？

ミネルヴァ様はメティアス様が突然いなくなったと言っていたが、その裏には三柱の女神様が関わっていたのか。

その原因は、テト様と同じ。

メティアス様もまた、魔神となったのだ。

「メティアス。殺さずにいただけでも、ありがたいと思いな」

「殺せなかった——の間違いでしょ？　セトランス——あなたが私に勝てたことがあったかしら？」

一触即発の状況だ。

こんなとき、動けずにいる俺が腹立たしい。

「のぉ、イチノジョウ。妾はまるで蚊帳の外なのじゃが。なんで行方不明のはずのメティアスがここにおるのかも、魔神ってなんなのかも、妾はさっぱりわからないのじゃが」

トレールール様が俺の横に座って、そう愚痴をこぼした。

「……そうなんですか」

まぁ、これまでの話の流れからして、トレールール様はメティアス様が抜けた穴を埋めるために女神になった感じだからな。

「うむ。まぁ、お主の無職スキルがメティアスによるものじゃということは最近妾が気付いたので、コショマーレあたりがなにか調査をしておったのかもしれないが」

「トレールール様——たぶんコショマーレ様は、最初から俺のスキルはメティアス様が設定したって知っていましたよ。無職にスキルを設定した犯人の目星はついているって、フロアランスで言っていましたから」

「なんと——まるで、ではなく、完全に蚊帳の外ではないか⁉」

トレールール様が愕然とした。

「残念だけど、私はもう退散させてもらうわ。幸い、この不安定な空間なら脱出するのはたやすいし、それにこの子の治療をしないといけないし」

メティアス様はそう言うと、動けなくなっているテト様を、魔法のような力で浮かび上がらせて引き寄せた。

「逃がすと思うのかい」

コショマーレ様がそう言ったとき、メティアス様、ミネルヴァ様、テト様の周囲に結界が現れた。

俺の『聖なる結界(ホーリーミラー)』よりも遥かに強力であろうその結界を見ても、メティアス様は笑みを崩さない。

「ええ、わからないの？　この空間は、もともと私の世界だったのよ？　聖獣の中に封印されていたときでも、中に入るために結界の綻びを作り出すことができた」

突然、結界の中に扉が現れた。

「脱出することなんて簡単だわ」

そして、ミネルヴァ様、テト様とともに姿を消した。

「じゃあ、僕も退散するか――」

勇者は俺の耳元でなにかを囁くと、一瞬のうちに姿を消した。

そして、俺とミリ、四柱の女神様とケンタウロスだけが残された。

【イチノジョウのレベルが上がった】

……おそらく、瘴気から生まれた蛇を倒した経験値が入ったのだろう。

それは、戦いを終えた合図でもあった。

いくつかスキルを覚えたようだが、全然頭に入ってこない。

命は助かった。

しかし、それが平穏に繋がるとは、まったく思わなかった。


戦いは終わった。俺はキャロに伝令を送り、マイワールドにいることを告げた。しばらくしてラエルから、魔物の数が激減したので、一時間以内にはマイワールドに戻ってこられると連絡があった。

ハルとシーナ三号も戻ってきた。ピオニアとニーテは、テト様がいなくなった直後に、前のように動かなくなってしまったらしい。

ライブラ様も意識を取り戻し、現在ログハウスの中で、女神四柱による会議が行われている。

俺の麻痺も完全に治ったが、いまは動く気にはなれなかったので、芝の上でひとり、胡坐をかいて座っている。

「おにい、座ってもいい？」

「ああ、いいぞ」

俺が許可を出すと、ミリは俺の足の上に座った。

驚いたが、そういえばミリが小学生の頃、こうやって俺の足の上に座ってきたのを思い出した。

それは、いつもミリが大切な話をするときだった。

俺は黙って、ミリが話してくれるのを待った。

しばらくして、ミリが口を開いた。

「魔神っていうのは、女神と逆の存在なの」

女神とは逆の存在？

「つまり、世界を破壊しようとする存在ってことか？」

「そうじゃないよ。そもそも、女神の役割ってなんだか、おにいは知ってるの？」

「そりゃ、別の世界から人間を呼び寄せて、世界の破滅を防ぐのが目的だろ？　なら、世界の破壊を防ぐんじゃなくて、世界を破滅に導くのが魔神なんじゃないか？」

「ううん、世界を救うという目的は同じ。手段が逆っていうだけ」

手段が逆？

「呼び寄せるのが女神なら、送り出すのが魔神なの。そうね、世界が車だと仮定するでしょ？」

「独楽の次は車か。それで？」

「女神の力が燃料の追加投入だとすると、魔神の力は車の軽量化。稼働距離が伸びるという点では同じでしょ？　でも、車を軽量化しすぎたらどうなると思う？」

「車が壊れる……いや。最悪、車そのものがなくなってしまう」

俺の結論に、ミリは頷いた。

「この世界のすべての生命が地球に送られたら、世界は滅ばない――まぁ、そんなの世界が破滅しているのと変わらないんだけどね」

ミリはそう言った。

こちらの生命が地球に――そんなことになったら、地球は大混乱になるだろうな。

ドラゴンが地球で暴れるなんて、それこそ怪獣映画だ。

「そうはいっても、いまの魔神の力って女神ほど強力じゃなくて、せいぜい死者の魂を地球に送る程度よ。私のようにね」

ミリは、少し申し訳なさそうに言った。

「私の魂は、メティアスの実験によって地球に送られたようなものなのよ」

そうか――俺はどうやってミリが日本人として転生したか聞いてこなかったが、魔神の力を使っていたのか。

「ごめん、詳しくは今度話すね。とにかく、おにいが気にすることじゃないわ。魂の数が増えたり減ったりするといっても、いま生きている人間にはなんの関係もないことだし。そりゃ、何万年もしたら世界に影響が出るだろうけど――世界が滅ぶとしても、何億年も先の未来のことだよ」

何億年――スケールの大きな話だ。

人類が誕生して、まだ一千万年も経っていないはずだから。もしかしたら、それまでにこの世界の人間の科学技術が発展し、別の方法で解決策を生み出せるかもしれないな。

ミリが言ってくれたことで、俺は少し安心した。

「そう単純な話じゃないよ」

会議が終わったらしく、ログハウスからコショマーレ様が出てきて俺に言った。

話を聞いていたのか。

「さっき、魔神の力は女神の逆だって言ったよね？　その通りさ。だから、もうひとつ別のことができる」

「別のこと？　……まさか」

「私たち女神の仕事はもうひとつ。ヒトからあふれる瘴気を魔物という姿に変えたあと、人間に討伐させ、霧散させ、女神像から吸収。地脈に還すのさ」

地脈――そういえば、テト様を殺そうとしたとき、セトランス様は言っていた。

テト様が焼失すれば、その魂は地脈に還るって。

地脈については俺はよくわからないけれど、おそらく世界そのもののことなのだろう。

「じゃあ、逆に魔神となった彼女たちは――地脈から瘴気を生み出し、魔物を作り出すことが可能ってこと？」

ミリが尋ねた。

それって、まるで今回の事件と同じじゃないか。

「その通りさ。そうして、魔物に世界を滅ぼさせたら、魂は転生する先の肉体を失う。そうなったら、もう私たちにもどうしようもできない。すべての魂を地球に送る以外にはね」

それって、まさに世界の破滅じゃないのか。

いや、きっとメティアス様にとっては違うのだろう。

メティアス様が見た破滅を防ぐために魔神となり、世界を破滅から守るために世界を滅ぼす。

人間の俺には、到底理解できそうにない。

「まぁ、あとは私たちがなんとかするから。あんたには関係のないことだよ。それに、そうなるには、魔神側も六柱を揃える必要があるから、何万年とまではいわなくても、何百年も先の話さ。魔神になるにも女神になるにも、適合者っていうのは限られているから、簡単に見つかるものじゃないんだよ」

そう聞いて、俺は少しだけ安心した。

「ちなみに、女神の適合者の筆頭がミリさんです。無理強いはしませんが、世界の救済のためにも、どうか考慮してください」

ライブラ様が現れて言った。

「わかったわ。でも、考える時間はちょうだい」

ミリが、消え入りそうな声でそう言うと、女神様たちは自分たちの世界へと帰っていった。

幕間　とある牧場主の大経営

ガリソンは冒険者だった。そして、冒険に疲れて実家の牧場を継いだ。

そんな彼が勇者と行動をともにし、さまざまな事件に巻き込まれたのは、災難以外のなにものでもない。もともと冒険に疲れて牧場主になったのに、それ以上に疲れることをするなんて。

「ようやく……ようやく戻ってこられた」

ガリソンは感慨深すぎて、泣きそうになるのを必死にこらえた。

「「「お世話になります」」」

大聖堂から脱出した悪魔族たちが、人間の姿でガリソンに頭を下げた。

涙が出てくる。

ガリソンがいる牧場は、もともと規模が大きいものじゃない。彼ひとりでもやっていける大きさだ。とてもではないが、これだけの人を雇う余裕などなかった。

「ガリソンさん。移民希望者、凄い数ですね。とりあえず、町長からの許可は下りましたよ」

ノルンはそう言って、ガリソンに悪魔族の市民証を手渡した。当然、ここに書かれているのは全部偽名だ。

「ところで、ジョフレさんとエリーズさんは……逃げたんですね？」

ノルンが尋ねた。

「ああ、指名手配されているみたいだからな。いいのか？　報告しなくて」

指名手配犯を発見した場合、自警団の人間は速やかに報告する義務がある。

教会からの指名手配ならば、教会に言わなければいけない。

「はい……お兄さんから、教会には報告をしないでくれって言われていまして。それに、手配書はまだ回ってきていませんから、この国の法律に基づいていえば、拘束権はありません」

ノルンはそう言って苦笑した。自分でも、無理のある言い訳だと思っているのだろう。

（お兄さん？　ノルンちゃんにお兄さんなんていたっけ？　それにノルンちゃん、悪魔族の移民にやけに協力的だったり、手配書もないのにジョフレとエリーズが指名手配されていることを知っていたり、いろいろと謎が多いよな。もしかして、勇者が俺につけた見張りだろうか？）

ガリソンはそんなことを考え、一歩後ずさる。

「あと、土地の購入申請も終わりましたよ。牧場の経営許可も下りました。凄いですね。アランデル王国でも、三番目の広さの牧場になるそうです……でも、よかったんですか？　あれだけのお金があれば、カチューシャさんを口説き落とせたかもしれないのに」

「ああ、あの金は全部使ってしまいたかったんだ。なに、カチューシャちゃんはあんな金がなくても、自力で口説き落としてみせるさ！」

と言ったけれど、ガリソンはカチューシャに近付くのを避けていた。

彼が雇っているのは全員悪魔族だ。

当然、それは許されることではない。違法な行為である。

それでも彼は、行くあてのない彼らを放っておけなかった。

自分のそんな我儘に、カチューシャを巻き込みたくない。

ガリソンはそう思っていたのだ。

「そうですか——私、応援しています。協力できることがあったら、なんでも言ってくださいね」

「うん、ありがとう。じゃあ、うちの牛乳の定期購入を頼めないかな?」

「あ、ごめんなさい。私もうすぐ、しばらく留守にするかもしれないので、それは無理です」

ノルンにきっぱり断られ、ガリソンは肩を落とした。

そして、ノルンはひとり、遠くでスケッチをしている若者のところに向かった。とても嬉しそうに。

「そっか、ノルンちゃんにも彼氏ができたのか」

ガソリンは、昼間からお絵描きなんてロクな男ではないと思ったが、しかし自分以上にひどい男はいないだろうとも思った。

そして、悪魔族に向かって言った。

「よし、お前ら!　仕事だ!　今日中に全員分の寝床を用意するからな!」

ガリソンはそう言って、気合を入れたのだった。

エピローグ

あの事件から一週間が過ぎた。

マレイグルリの騒動は、落ち着きを取り戻した。

魔物発生の騒動は収束、新たに狂乱化の呪いにかかっている人間は見つからなかった。

事件はすべて、悪魔族の仕業であることが告げられた。

国王軍が市民に弓を引いた件については、該当する指揮官の暴走ということで、軍事裁判によって裁かれることになった。

トカゲの尻尾切りだと思うが、まさか悪魔族が国王を殺して成りすましていたなどと、発表できないのだろう。

俺とハルには、ツァオバール王家から多大な褒賞金が授けられることとなった。同時に、国王の天幕で見たことを誰にも話してはいけないという契約魔法をかけられたので、口止め料を含んでいるのだろう。

俺と鈴木は、それぞれ町を救った英雄として表彰され、勲一等を授かった。いかにも、日本人が多く住む町らしい勲章だと思う。

しかし、俺の心は晴れない。

昨日、俺は初級者向けの迷宮の最下層まで行き、女神像に祈りを捧げ、コショマーレ様に会った。

そこで、現状を教えてもらった。

テト様、ミネルヴァ様、そしてメティアス様。三柱の女神——いや、元女神たちの行方は、いまだにわかっていないらしい。

コショマーレ様は、今回の件は女神の問題だから俺には関係ないことだと言っていたが、しかし、俺に関係のない話ではない。

テト様が消えたあと、意識を失ったピオニアとニーテ。彼女たちがいまだに目を覚まさないし、女神の候補に挙げられているのがミリなのだから。

いまのところ、三柱の女神様が魔神化したことは、世間にはほとんど知られていない。

もうひとつ教えてもらった話では、世界への影響は俺が思っているほど大きくないとのこと。ミネルヴァ様とテト様が管理する迷宮において、祈りを捧げても迷宮踏破ボーナスがもらえないことだけらしい。

もともとテト様が管理する迷宮は一カ所だけだし、ミネルヴァ様が管理する迷宮の数も、それほど多くない。また、それらの迷宮から魔物があふれたという話は聞いていない。

「勲章か……勲一等って、もうなかったような気がするんだけど」

俺が考え込んでいたら、鈴木がそう言った。

「えっと、国民栄誉賞みたいなものだっけ？」

なんとなく聞いたことがある気がするんだけれど、全然思い出せない。

きっと、ミリなら詳しく知っているだろう。

「んー、確か、昔、年齢制限のせいで勲章がもらえない人のために作られたのが国民栄誉賞だったから、似てるといえば似ているのかもね」

日本の勲章には、年齢制限があったのか。

国民栄誉賞ができたきっかけも、初めて知った。

「勲一等って、毎年褒賞金が金貨十枚ももらえるそうだけど。楠君、僕はこのお金をしばらく受け取らずに、町の復興と遺族への支援に当ててもらおうと思うんだ」

鈴木は言った。

今回の事件、魔物に襲われた者や国王軍の矢を受けた者、狂乱化の呪いで狂戦士になった者に殺された者、狂戦士となって暴れているところを衛兵に殺された者など、合計五十名近い人が亡くなったという。事件の規模を考えれば犠牲者の数は少ないともいえるだろうが、しかし決して喜ばしい話ではない。

「鈴木らしい考えだな。ああ、俺もそれでいいと思う」

どこまでもお人よしの鈴木の善意に、俺は苦笑して頷いた。

「本当は、町を守ってくれた、あの着ぐるみの人たちにもお礼を言いたいんだけど」

「その気持ちだけで十分だ――砂糖でもあれば、美味しいお菓子を作ってあげられるんだが」

「ふふふ、砂糖だね。わかった。楠君が今度来るときまでに、いっぱい用意するよ」

鈴木が笑って言った。

こいつのことだ、数百ガロンかそれ以上の量を用意してくれるだろう。

「そうだ。例の迷宮の暴走を止める封じ――ガラス玉、魔法捜査研究所からもらったって言っていたよな。魔法捜査研究所は、どうやってあの玉を用意したんだ？」

「僕も気になって聞いたんだ。そうしたら、一ヵ月以上前に勇者アレッシオさんから送られてきたそうなんだ。迷宮から魔物があふれ出たときに使ってほしいって」

「勇者アレッシオか」

驚きはしない。むしろ納得した。

あの男は、こうなることをすべて予想していた。

魔王と繋がりがあり、タルウィの主人であり、そして今回の魔神化の後押しをした。

「楠君。やっぱり勇者アレッシオ様は事件に関わっていたけれど、魔王と仲間っていうわけじゃなくて、敵対関係にあるんだと思うよ。だって、彼のお陰でこの町は救われたんだから」

違う、そうじゃない。

勇者アレッシオは、すべての瘴気をテト様の女神像に送るために行ったんだ。

こんなこと、誰に話しても信用されるようなものじゃないだろう。鈴木に話せば、もしかしたら勇者より俺のほうを信じてくれるかもしれないが、しかし、女神側の事情を話すわけにはいかない。

「ああ、そうだろうな。きっと魔王と繋がっていたのも、魔王の計画を知るためだったんだろう」

俺は心にもないことを言って、笑った。

「鈴木。俺たち、そろそろ町を出ようと思う。俺の勲一等の褒賞金は、鈴木の分と一緒に寄付に回してくれ」

「そうか――出ていくんじゃないかって思っていたんだよ。ねぇ、楠君。もしかして、なにか事件を追っているの？　僕でよかったら協力するけど」

「ああ、本当に妙な事件でな。正直、俺にも全容はまったく掴めない。氷山の一角だけを見せられているような状態なんだ。だから、助けを求めるとしたら、全部わかってからになりそうだ」

あの勇者は、マイワールドからいなくなる前に、俺にこう言った。

『アランデル王国で待ってるよ』

奴がアランデル王国にいることは事実だろう。

というのも、ケンタウロスと一緒にいたはずのジョフレとエリーズが、フロアランスに帰ってきたという情報が、ノルンさんから俺のもとに届けられた。さらに、その町に移民希望者が訪れた。一度拠点帰還(ホームリターン)でフロアランスに戻り、彼らの顔を遠くから似顔絵スキルで描写――フルートに確認してもらったところ、全員悪魔族で間違いないという。

まだ、ノルンさんから詳しい話は聞けていないが、彼らの雇い主であるガリソンという男は、最近まで勇者と一緒に行動していた。

つまり、悪魔族の逃走には、ジョフレとエリーズだけではなく、勇者が一枚噛んでいたことになる。ケンタウロスがミネルヴァ様とともにいたのも、そのあたりが絡んでいるのだろう。

ちなみに、俺がフロアランスに行ったときには、ジョフレとエリーズはすでに町から逃げたあとだった。

勇者がなぜ、わざわざ自分の居場所を俺に知らせたのかはわからない。

俺がなにをしようと倒せる自信があるのか、それともなにかを企んでいるのか。

どのみち、俺に選択肢はない。

事件を追ったからといって、なにかが変わるという保証はない。

魔神化した三柱の元女神様を止められる保証もない。

それでも、勇者アレッシオと会って、真里菜とカノンの無事を確かめないといけない。

俺は、瘴気に蝕まれるテト様を前にして、なにもできなかった。いや、なにもしなかった。

そんな俺がアランデル王国に行って、なにができるのかと思った。

以前の俺にできなくて、未来の俺にできるのか？

できると信じたい。

だって、俺には成長チートがあるんだ。

絶対に、なんでもできるようになってやる。

無職だって世界を救えるところを見せてやる。


戻ろう、フロアランスへ！

アランデル王国某所。

突如として現れた闇の穴から、彼女は現れた。

教会で何度も見たひとりの少女——女神テト。

しかし、彼女はもう女神ではない。

魔神——世界を破滅に導く存在。

その場で目を覚ましたひとりの女性は、差し出すテトの手を取った。

女性は、闇の中に引きずり込まれながら振り返る。

そこにいたのは、彼女の友人の姿だった。

「待っていてね、マリーナ」

強力な睡眠薬のせいで、朝まで目を覚ますことのない友の名を告げ、カノンは前を向いた。

「もう少しで、あなたの願いをかなえてあげることができる——私が新たな神になることによって」


（第十二巻　了）

成長チートでなんでもできるようになったが、無職だけは辞められないようです

キャラクターガイド

ちり氏によるキャラデザとともに
「成長チート 12」キャラをご紹介！

Illustration：ちり

「お帰りなさいませ」

ラナ

＊鈴木浩太の家で家事などを任されている、料理人 LV.3 の和服美人。マニュアル人間で、マニュアルに書かれていない出来事には弱い。

＊マレイグルリの施設で拘束されていた、悪魔族の少女。イチノジョウによって、職業が邪狂戦士から贖罪者となる。

「私の仲間は
教会の奴らに連れていかれた。
私が助けないと――」

あとがき

『成長チートでなんでもできるようになったが、無職だけは辞められないようです』第十二巻をお買い上げくださいまして、ありがとうございます。

このタイトルがとても長いということは、これまで何度も自虐的に語ってきましたが、最近本屋のラノベコーナーに行くと、もっと長いタイトルの作品ばかりで驚いてしまいます。

さて、前回で女神が全員揃いましたので、今回のあとがきでは、女神の名前の由来について語ろうと思います。

そもそも、この作品の初期プロットでは、女神なんて天恵をプレゼントしたらあとは用なし、名前なんて適当でいいだろうという感じで決めました。

そのため、コショマーレの由来は「胡椒塗れ」。トレールールの由来は「規則(ルール)を取れ」って感じです。ひどい名付けセンスです。なんで胡椒塗れ？

反省した私は、ちゃんと考えることにしました。そして決まったのがライブラです。ライブラは天秤座、調和と秩序という意味ではいいと即決しました。

「天秤で測るものといえば、スパイスだ！　よし、カレー好きにしよう！」

名付けを神話に頼った結果、妙な設定を作るようになりました。

次に登場する女神はセトランス。神様の名前だし、『ランスって武器だから、なんとなく戦う神様っぽくていいよね！』ということで決まりましたが、『セトランスって火、炉、鍛冶、工芸の神じゃん！

あれ？　戦いと関係ないのかっ⁉』ということで、後日、サラマンダーの力を吸収して無理やり火属性にしました。ひどいです、作者の名付けの適当さが、ストーリーに影響を及ぼすようになりました。

セトランスという名前が、サラマンダーの力を得る伏線だったのではありません。すべて後付け設定です。

ここで神話に頼ることを諦めればよかったのですが、ミネルヴァもまた神話です。医師と医療を司る女神で、薬にはちょうどいいと思いました。個性を持たせるために、死にたがりでトレールール並みに仕事をしない女神にしましたが、実は元ネタのミネルヴァは千の仕事の女神で、なんか全然違うキャラになってしまったと反省。

反省を生かし、最後の女神は適当に考えよう……テキトウ、テトでいいや！　となりました……一番ひどい。ちなみにWEB小説ではまったく別の名前で登場させていて、作者も忘れていました。

作者の名付けのセンスは、おわかりいただけたでしょうか？

でも、私はいまの女神の名前は、結構気に入っています。特に、トレールールという名前は好きですね。

最後に、ちりさん、今回もエロ可愛いイラストをありがとうございます。編集さん、またまた締め切りを守れずにすみません。読者の皆様、十二冊もお付き合いくださいまして、ありがとうございます。

それでは、また第十三巻でお会いできたらと思います。

時野洋輔

特別おまけ　あとがき劇場

イチ「『成長チートでなんでもできるようになったが、無職だけは辞められないようです』第十二巻をお買い上げくださいまして、ありがとうございます」
ミリ「タイトルを覚えていないって、とんでもない作者ね」
イチ「本当だよな。あと、今日の相手がミリだと聞かされたのがついさっきなんだが、お前がここにいる時点でネタバレになると思うが、それは大丈夫なのか？」
ミリ「あとがきは、あとで読むからあとがきなんだから、気にしなくていいと思うよ？　おにい、とうとう名前が二文字になっちゃったね」
イチ「だな。でも、これがいままでで一番バランスがいいと思う」
ミリ「そっか。それじゃ、まずは本編について話したいんだけど、まず四面楚歌について」
イチ「プロローグのところか？」
ミリ「四面楚歌については諸説あるけど、あれを歌っていたのは楚の人じゃなく、楚歌を覚えた漢軍だったという説のほうが、可能性が高いのよ」
イチ「そうだったのか……でも、それってかなり面倒だよな」
ミリ「他人の学校の校歌を覚えるようなものだもんね。おにいは覚えてる？　小学校の校歌とか？」

イチ「あぁ、全然覚えてない。あ、でも俺の母校は甲子園に出たから、高校の校歌は覚えてるぞ？
『卒業できなかった俺の分まで、お前らは高校生活を楽しんでくれ！』って、出場するたびに応援してたな」
ミリ「いやな応援の仕方ね……そっか、覚えてないんだ」
イチ「仕方がないだろ。小学校とか中学校って、暗記に関しては一生分行うところがあるしな。九九から始まって、平家物語の序文の暗唱とか、社会に出たら絶対役に立たないところまで覚えさせられるし」
ミリ「あぁ、私もそれはイヤだったわ」
イチ「意外だな。お前なら一発で覚えられただろ？」
ミリ「……私も竹取物語の暗唱があったのよ……いやいや、私、別に竹から生まれてないって思いながら覚えたわよ」
イチ「そりゃ、嫌だな」
ミリ「四面楚歌の話に戻るけど、あれって私も経験があるから、項羽の気持ちは少しわかるのよね。戦争の終盤、魔王城の周囲から白狼族の遠吠えが聞こえてくるのよ」
イチ「あぁ、勇者側にも白狼族がついてたって、ハルが話していたな。そのくらいわかっただろ？」
ミリ「わかってるわよ。わかってるけど、それまでの戦いで何人かの白狼族や黒狼族が生死不明になっていたから、『白狼族と黒狼族に裏切り者が出た』って城内がパニックになったわ。私の一喝で表向き騒ぎは収まったけど、そのあとは疑心暗鬼で、まともな連携なんて取れないんだもの。あれは、してやられたって思ったわ」
イチ「お前って、本当に魔王をやってたんだな……」
ミリ「おにいも王様やってみる？　私が手伝うよ？」
イチ「絶対にイヤだ。お前が手伝ったら絶対に王様になれるから、絶対にイヤだ」
ミリ「二回も言わなくていいじゃない。絶対に王様にさせることはできるけど。でも、いまでもダークエルフたちの王様みたいなものよね」
イチ「それは……なぁ。本当は友達のような関係のほうがいいんだが、ラエルが許してくれないんだよ。敬語を使っても窘められるし、偉そうな口調が続いたせいで、今度はほかの人に話すときにも偉そうになっちまうし」
ミリ「当然ね。秩序の問題があるから。友達みたいに接したいのなら、隠し部屋を作って、ふたりきりのときだけ友達になるって方法もあるわよ？」
イチ「そんな手が……って、それって別の目的だと勘違いされるだろ」
ミリ「誘われたほうも勘違いするわね。いまの話は却下で……ひよこ鑑別師の話でもする？」
イチ「お前らしくない話の誤魔化し方だな……ひよこ鑑別師って儲かるのか？」
ミリ「初生雛鑑別師って呼ばれていて、日本での仕事が少ないから海外で働くことになるって聞いたわ。だから、円安ドル高の時代は儲かったみたいだけど、さすがにいまでは豪邸は難しいわね。それでも、サラリーマンの平均年収よりは高いみたい」
イチ「（なんでそこまで知ってるんだ？　こいつは）」

ミリ「なんでそこまで知ってるんだ？　って顔をしているけど、おにいの持ってた国家資格検定の本に書いてあったから読んだんだよ？」
イチ「ひよこ鑑別師って国家資格だったのかっ⁉　え？　そんなに凄いの？」
ミリ「うん。専門の学校にも通わないといけないから、気楽になれる仕事じゃないよ？　少なくとも、第二話でのおにいみたいな考えでひよこ鑑別師になったら、絶対に途中で挫折するからね。働くっていうのは大変なんだよ」
イチ「……俺が就職百連敗した原因の一端が見えたような気がする」
ミリ「うんうん。おにいが反省してくれたら、ミリも嬉しいよ。おにいの成長が、ミリにとっての一番の喜びだもん」
イチ「お前は俺の母親かっ！　成長が喜びって、じゃあ俺の成長チートはお前の喜びチートなのかよっ！」
ミリ「勿論！　私の身長が伸びない哀しみと差し引きゼロで、表には出てないけどね……」
イチ「落ち込むくらいならわざわざ言うなよ。大丈夫、お前のウサミミリボンを大きくすれば、身長なんて気にならないさ」
ミリ「私のリボン、いまでも顔より長いって言われてるんだけど。解いたら身長と同じ長さになるんだけど」
イチ「どこかの新喜劇の芸人のギャグみたいだな」
ミリ「そのたとえは、関西人以外はわからないんじゃない？」

イチ「ツイッターでアンケートを取ったところ、関西以外でも四割くらいは知っているみたいだぞ？」
ミリ「この作者は、なんでそういうところに力を割けるのかしら？　ただでさえ少ないフォロワーが、さらに減るんじゃない？」
イチ「むしろ増えたらしい」
ミリ「なんでっ⁉」
イチ「と、そろそろページ数が少なくなってきたな」
ミリ「本当だね。おにいとこんなに会話したのは、久しぶりな気がするよ」
イチ「俺も、こんな楽なあとがき劇場は初めてな気がする。前回まで地獄だったからな。ルシル料理とかも食べさせられたからな」
ミリ「おにいの食の事情はミリも何度も聞かされて、胸が痛かったんだよ？　おにいのために、ミリは愛妹弁当を作ってきたの」
イチ「待て！　愛妹弁当というのなら、もっと中身を曖昧にしてくれ！　なんだ、その弁当箱から見えている細い足は？」
ミリ「ヒント！　虫食専門家が認める美味しい昆虫一位から五位までコンプリートっ！」
イチ「イヤだっ！　特にモンクロシャチホコの幼虫は絶対に食べたくない！」
ミリ「まぁあぁ、次回は最終巻なんだし、そろそろおにいの虫嫌いも直しておこうよ」
イチ「イヤだぁっ！　……って、え？　次が最終巻なのかっ⁉」

残りの料理（一位：カミキリムシ、二位：オオスズメバチ、三位：クロスズメバチ、四位：セミ、五位：モンクロシャチホコ）も、スタッフ（イチノジョウ）が美味しく召し上がりました。

成長チートでなんでもできるようになったが、無職だけは辞められないようです 12

2020年8月1日 初版発行

【著　　者】時野洋輔

【イラスト】ちり
【編集】株式会社 桜雲社／新紀元社編集部／堀 良江
【デザイン・DTP】株式会社明昌堂

【発行者】福本皇祐
【発行所】株式会社新紀元社
〒101-0054　東京都千代田区神田錦町 1-7　錦町一丁目ビル 2F
TEL 03-3219-0921 ／ FAX 03-3219-0922
http://www.shinkigensha.co.jp/
郵便振替　00110-4-27618

【印刷・製本】株式会社リーブルテック

ISBN978-4-7753-1848-5

※本書は、「小説家になろう」（http://syosetu.com/）に掲載されていたものを、改稿のうえ書籍化したものです。